蔦屋でござる

井川香四郎

時代小説

二見時代小説文庫

目次

第一話　夢の浮島　7
第二話　鬼ヶ島の平蔵　76
第三話　万華鏡の女　154
第四話　裏始末の掟　228

蔦《つた》屋でござる

第一話　夢の浮島

一

常盤橋《ときわばし》御門前の日本橋本町一丁目から、両国橋広小路を繋ぐ大通りが、江戸の中心地である。その真ん中あたり、堀川を跨ぐ桜橋を挟んで油通町《あぶらとおりちょう》があり、ここには、『鶴屋』『村田屋』『奥村』『村松』『西村』『いせ次』『岩戸屋』など一流の江戸地本問屋《じほんどんや》がずらりと並んでいた。

地本とは、草双紙《くさぞうし》や滑稽本《こっけいぼん》、洒落本《しゃれぼん》、人情本などのいわゆる大衆本のことである。〝書物《しよもつ》〟とか〝物之本《もののほん》〟と呼ばれた難しい儒学や医学など学問の本とは区別され、一般庶民が親しみやすく読みやすいように、絵草紙《えぞうし》のように美しい絵や漢字の少ない仮名《かな》文字を多く使って、物語性豊かに描かれていたのである。

蔦屋重三郎《つたやじゅうざぶろう》という版元《はんもと》が、この油通町のど真ん中に、『蔦屋』を出したのは天明《てんめい》三年（一七八三）のこと。豊仙堂丸屋小兵衛《ほうせんどうまるやこへえ》の店《たな》を買い取ったのだった。この豊仙堂は、宝暦《ほうれき》年間に活躍していた版元で、絵草紙に初めて作者の名を入れるといった、当時としては斬新《ざんしん》な手法を使ったことなどで知られていた。

だが、浮き世が変われば、読まれるものも変わる。朋誠堂喜三二《ほうせいどうきさんじ》や大田南畝《おおたなんぽ》という大物戯作者《げさくしゃ》や北尾重政《きたおしげまさ》、恋川春町《こいかわはるまち》など浮世絵師の重鎮を後ろ盾にして、喜多川歌麿《きたがわうたまろ》、山東京伝《さんとうきょうでん》、滝沢馬琴《たきざわばきん》、十返舎一九《じっぺんしゃいっく》、写楽《しゃらく》など新しい草双紙作者をどんどん起用して、

——蔦重《つたじゅう》ここにあり。

と大きな存在を示し、他の版元を凌駕する勢いであった。

奇《く》しくも、『蔦屋』が油通町に進出した天明三年は、後に蔦屋重三郎を弾圧する老中・松平越中守定信《まつだいらえっちゅうのかみさだのぶ》が、白河《しらかわ》藩主になった年であった。八代将軍徳川吉宗《とくがわよしむね》の孫でありながら、奥州の一大名という〝冷や飯〟を食わされた定信が、まだ元服前の十一代家斉《いえなり》の将軍補佐となり、老中首座に就いて幕政を握ったのは、天明の飢饉《ききん》を乗り越えた藩主としての大きな実績を諸大名が認めたゆえだ。

老中や若年寄には、本来、譜代《ふだい》大名がなるべき慣例があって、徳川御一門がなることはない。たしかに、白河藩主の久松《ひさまつ》松平家は譜代であるから、〝掟破り〟とは言え

ないが、吉宗の孫であり、神君徳川家康《いえやす》の直系である。その権勢たるや、その前に政権を握っていた下級旗本出身の田沼意次《たぬまおきつぐ》など取るに足らぬものに思えた。

時は、後にいう『寛政《かんせい》の改革』の真っ直中《ただなか》である。囲い米や棄捐令《きえんれい》、人足寄場《にんそくよせば》の設置や七分積金《しちぶつみきん》など武家や町人の暮らしに関わる〝経済景気対策〟は結構だが、その一方で、文教振興の名のもとに、朱子学による〝思想統制〟を強行して、蘭学を禁止し、幕政批判をする者たちを綱紀粛正《こうきしゅくせい》として弾圧した。公儀隠密にすら、隠密をつけるというような徹底ぶりである。

そんな世の中を暗くする風潮に、『蔦重』こと蔦屋重三郎は、弱い庶民の立場から断固、対決姿勢を見せていた。

——世の中に蚊《か》ほどうるさきものはなし、ぶんぶといひて夜もねられず

——白河の清きに魚のすみかねて、もとの濁りの田沼こひしき

と揶揄《やゆ》したのは大田南畝である。

小倉百人一首の替え歌として、狂歌集も出しているほどの洒落っけがあるが、重三郎も南畝の影響を受けたのか、若い頃から狂歌に興じ、自前の〝狂歌連〟を作っており、油通町の『蔦屋』でも、月に何度か狂歌の会が行われていた。狂歌とは元々は、平安時代に起こった落書《らくしょ》に発すると言われているが、江戸天明期

の大流行は、政治不信や天災飢饉という暗澹《あんたん》たる世相と無縁ではあるまい。五七五七七の韻《いん》を踏みながら、穿《うが》ちと笑いを言葉として発散するのは、機知や滑稽で読ませる黄表紙《きびょうし》や洒落本と通じるものがあって、庶民の間で大いに詠《よ》まれたのである。

残暑で蒸《む》す今日も——。

ここ『蔦屋』の二階座敷には、粋人と称する人々が集まって、狂歌連を楽しんでいた。南畝をはじめ、橘州《きっしゅう》や漢江《かんこう》などの著名な狂歌師を招くこともあるが、重三郎と気心の知れた連中が集まって、飲み食いしながら、大笑いのひとときを過ごすのである。現代で言えば、文芸サロンであろうか。

座敷には、朋誠堂喜三二、山東京伝こと北尾政演《まさのぶ》、北尾政美《まさよし》、喜多川歌麿、役者の五代目市川団十郎《いちかわだんじゅうろう》、吉原妓楼主の大文字屋《だいもんじや》、はたまた旗本や御家人なども身分に関わりなく三十数人が寄り合って、狂歌作りを必死にやっていた。

それぞれ、手柄岡持《てがらおかもち》とか酒上不埒《さけのうえのふらち》、筆綾丸《ふでのあやまる》などふざけた狂歌名で発表をし、どれだけ笑うかで俳句でいう「天地人」を決めるのだ。その際、批評するのも、洒落っ気がなければならないから、結構、頭を使うのである。

真剣な顔で書いて、そして、大笑いをするの繰り返しだから、傍から見ていたら、これほどバカバカしいことはない。だが、踊る阿呆に見る阿呆ではないが、狂歌連の中に入れば、その面白さが分かろうというものだ。〝満点大笑い〟が続けば、その狂歌を作った作者は一目《いちもく》も二目も置かれる。しかし、その一方で、目立ちすぎれば、お上《かみ》に睨まれる憂き目にも遭う。それもまた名誉であった。

かように賑々《にぎにぎ》しい集まりがあったから、油通町といえば、『蔦屋』のことを指すほど、江戸中で知らない者はいなかった。

「旗本は今ぞさびしさまさりけり、御金も取らず暮らすと思えば」

と町方与力の長崎千恵蔵《ながさきちえぞう》が、その大きな腹を揺らしながら詠んだ。旗本や御家人も、松平定信の改革で減俸や遅延の憂き目に遭っていることを歌ったのだが、

「そりゃ駄目だよ、鳥越九郎庵《とりこしくろうあん》さん」

と重三郎が穏やかな目でありながら、太い眉を吊り上げて、長崎の狂歌名を呼んだ。

「町奉行所与力という、私たちを見張る立場のあなたが、この狂歌連に加わっているのは感心だがね、盗作はいけませんや。それは百人一首を元歌として、八代将軍様の頃に誰かが詠んだものだ」

「あ、ばれたか。これがほんとのバレ句、なんちゃって」

誰も笑わなかった。自分で考えない狂歌は、洒落にならないのだ。

「長崎の旦那……あんた、この連に加わっているのは、もしかして、隠密としてでは

ありますまいな」

重三郎が訊くと、他の参加している面々もじいっと見つめた。

「今日もまたひとり浮いて物言えず、泣きたい気持ちも取り越し苦労」

京伝がとっさに言うと、その場が和《なご》んだが、長崎の頬は引き攣《つ》ったままだった。それを見て、みんなが大笑いしたそのとき、重三郎が一枚の紙を掲げて、

「ところで、これは誰が描いたのです。京伝さんとも歌麿とも筆使いが違いますが……」

と一同に見せた。

大勢の痩せた百姓が台座を汗だくで担ぎ、その上に、猪のようなデブの侍が胡座《あぐら》をかいて、満腹の腹を撫でながら、爪楊枝《つまようじ》をくわえている姿が描かれている。

「長崎の旦那は旗本御家人も厳しいと嘆いたけれど、私たち庶民からすれば、これが実体ですな。百姓や町人をいじめ抜いて、武家だけは肥えているのを、可笑《おか》しく上手《じょうず》に描いてる。誰です？」

もう一度、尋ねたが、一座の者は誰も手を挙げない。

「なんだねえ……狂歌の会ではありますが、今日の一番はこれにしようと思ったのですがねえ……一両、差し上げようと思ったのに、まことに残念」

と重三郎が言ったとき、ガタガタと押し入れの襖《ふすま》が揺れた。参列者はあっと驚いて腰を浮かせたが、襖がすっと開いて、

「あたい、あたい！　それ、描いたの、このあたいです！」

甲高《かん》い声を上げながら出てきたのは、まだ十五、六歳くらいの華奢《きやしや》な町娘である。涼しげな色合いの男物の小紋に、だらりと帯を長く垂らした、近頃流行《はや》りの格好だ。

「誰だね、おまえさんは」

重三郎が見やると、娘は屈託《くつたく》のない笑顔で、

「一両、くれるんでしょ？」

「何処《どこ》から入って来たのだね、娘さん」

この座では番頭格で、落ち着いた趣《おもむき》の中年絵師の歌麿が声をかけると、娘はさほど悪びれた様子もなく舌をペロリと出して、

「朝から……そしたら、色々な人が沢山《たくさん》、入って来たから、出るに出られなくなって……でも、みんなの狂歌ってんですか、その歌を聞いてたら、おかしくておかしくて、お腹が捩《よじ》れそうになって……でも、声を出さないようにって、必死に我慢してたんだ」

「おかしな子だね……」

歌麿は重三郎が掲げていた絵を指して、

「それは、本当におまえさんが？」

「はい。ここに入って来たとき、紙と筆があったので、思わず……でも、まさか、それが一番になるなんて、思わなかった」

「たしかに、筋はいいけれどね、娘さんや。余所者《よそもの》は出て行って貰わなきゃ困る。お金もあげることはできないよ」

と歌麿が呆れた顔で言うと、重三郎はニコニコと笑いながら、

「まあ、そう無下《むげ》に追い返さなくても……紛《まぎ》れ込んできたのも縁というものだ……金はともかく、他に何か欲しいものはないかね」

「欲しいもの……」

「ああ。おまえさんが、今、一番、欲しいと思っているものだ」

「そりゃ、お金がありがたいけど……やっぱり、この身が自由になることかな」

「この身の自由……？」

重三郎が首を傾げて、歌麿たち一同を見廻したとき、ドドッと激しい足音と手代たちが叫ぶ声が階下から聞こえてきた。

――またぞろ、お上の手入れか。

と思って一同は長崎を見たが、「違う、違う。私は知らない」と手を振った。

すると、障子戸を蹴飛ばす勢いで乗り込んできたのは、鴇《とき》色の印《しるし》半纏《ばんてん》を着たならず者ふうの男たち数人であった。半纏《はんてん》に染め抜かれた屋号は『仲八《なかはち》』となっている。

それを見た重三郎はすぐに、

「深川は仲町《なかちょう》の八五郎《はちごろう》一家の方々ですね」

と言った。

深川には、悪所《あくしょ》と呼ばれた岡場所が数多くあって、俗に〝深川七《なな》場所〟と呼ばれていた。本当はもっと沢山の岡場所が点在していたが、仲町は富岡八幡宮《とみがおかはちまんぐう》の門前にあって、吉原とは雲泥《うんでい》の差があるとはいえ、高級な色里であった。それでも、吉原の揚《あ》げ代に比べれば十分の一程度であった。

「悪いことは言わねえ、蔦屋。おとなしく、その女を渡して貰おうか」

八五郎一家の者のうち、兄貴格の鮫吉《さめきち》がそう言った。

「その女？」

「庇《かば》うと為にならねえぞ……さあ、お楽《らく》、こっちへ来な」

鮫吉は娘の名を呼んだ。しかし、重三郎は首を傾げて、

「はて、女なんぞ、狂歌連はおりませぬ。御法度《ごはっと》なんです」

「ふざけるな。そいつだよ。うちの郭《くるわ》から逃げ出したンだ」

「ああ、こいつなら、見てのとおり男物の小紋を着ているでしょうが。男ですよ」

気が短いのか、鮫吉は子分たちに、

「構わねえ、やっちまいなッ」

とけしかけた。

だが、重三郎は動揺することなく、丁寧な口調で、

「まあまあ、こいつが娘だとしても、今し方、この絵が一番になりましてね、褒美として、その身を自由にすると約束したんですよ」

「なんだと」

「ですから、今日のところは、お引き取り下さい。後で、八五郎さんの所には、私から出向いて参りますから」

「調子に乗るンじゃねえぞ、蔦屋。少々、名が売れてるからって、いい気になるンじゃねえ。いいから、連れてけッ」

今度は語気を強めた鮫吉に従って、座敷に乗り込んできた。すると、長崎がすっと立ちあがって、ぐいっと十手《じって》を突き出した。

「北町奉行所与力、長崎千恵蔵だ。乱暴はよくねえな」

少し伝法な口調になって、

「文句があるなら、俺の所に来いと、八五郎に言え。どうでも、その娘を取り返すっていうのなら、こっちも……小野派一刀流の腕を披露せねばならぬ。俺の狂歌のように笑うに笑えぬぞ」

と見得《みえ》を切った。

「まま、長崎様。そう事を構えられても、後で迷惑を被《こうむ》るのはこっちです」

重三郎は鮫吉に向かって、

「幾らですかな……この娘の身柄を解き放つのにかかるお代は」

「ほう、金で始末をつけるってか」

「はい。そうしないと、八五郎さんも納得しますまい」

丁重な態度で、重三郎は手文庫から、岡場所女郎の相場である二十五両の身請《みう》け金と、八五郎への文を書いて、鮫吉に手渡した。そして、念を押すように、

「この娘の身請け証文。後で、きちんと届けて下さいよ。与力様も含めて、ここには、これだけ証人がいるのですからね」

「――まあ、いいだろう。今日のところは、おまえの顔を立ててやる、蔦屋……だが、これで済んだと思うなよ」

鮫吉は封印小判と文を懐に忍ばせると、そのまま子分たちを引き連れて、階下へと駆け下りていった。

「あの、私……」

不安げな顔になる娘に、重三郎は言った。

「気にすることはありませんよ、お楽とやら……おまえさんには、後でたんと、体で払って貰いますからね」

「え、そんな……」

「こっちも二十五両もの大金、会ったばかりの娘っこのために、〝ただ〟で払うほど、人はよくありませんよ」

「そ……それじゃ、あいつらと同じじゃないですか」

「体と言ってもな、その腕だ」

重三郎は自分の右腕を叩いて、にこりと微笑《ほほえ》んだ。

「絵を描いて、返して貰いましょうかねえ」

驚く娘を、歌麿や京伝、馬琴、一九たちも苦笑しながら眺めていた。

この娘が——数年後、ほんの十ヶ月の間に、百数十枚の役者絵と数枚の相撲絵を描いた浮世絵師、写楽である。

重三郎は女房を流行り病で亡くしてから、いわゆる〝男やもめ〟を決め込んでいたが、その名と財力に惹《ひ》かれて、言い寄ってくる女は星の数ほどいた。だが、後添えを貰わなかったのは、恋女房を忘れられなかったからである。

二

娘もひとり儲けたが、赤ん坊の頃にやはり病で失っていた。一介の町場の貸本屋から始めた重三郎は、地本問屋として大きく成り上がっていたが、妻子との縁にはあまり恵まれなかったといってよい。娘が生きていれば、十七歳である。もしかすると、お楽という娘が現れたとき、

——娘の代わりにできるかもしれない。

と、自分が失ったものを穴埋めしたいという気持ちが、重三郎の心のどこかにあったことは否めない。

普段は番頭や手代、丁稚《でっち》などを含めて十数人抱えており、通いの女中もいて、店の者たちの食事や洗濯などの面倒を見てくれていた。地本問屋というのは、今で言えば、出版社と取次《とりつぎ》と書店が一緒になっているもので、細かな雑務が多かったから、ふつう

の商家のように奉公人が自分の身の周りのこともやるということは難しかった。

草双紙や洒落本などを作る煩雑さや、それを売る労力の厳しさを重三郎は熟知していたから、すこしでも奉公人を楽させてやりたいと思っていたのである。

しかし、お楽を女中として使う気はさらさらなかった。狂歌連の会合で見せたお楽の絵の才能を見極めたのは、重三郎だけではない。その場にいた当代一流の絵師や戯作者が、一瞬にして認めたのだ。まだまだ原石のようなものであるが、磨けば光る玉になると、誰もが思っていた。

歌麿などは帰りがけに、

「重三郎さん……その娘はなかなかのものだが、あまりのめり込まぬ方がいいぞ。あんたのためにもな」

と意味ありげな言い草で釘を刺した。絵師として嫉妬を感じたのかもしれぬと、重三郎は解釈していたが、あまりにもアッケラカンとしたお楽を見ていると、歌麿が気にするような〝女狐〟とは思えない。

今も屈託のない顔で、飼飯を頬張っているお楽を見ていると、重三郎は極楽浄土から、大きくなった娘が帰って来たような心持ちになった。

「娘さんがいたんだね……」

お楽はすこし同情したような目で、重三郎を見つめた。

「ん、どうして、知っているのです」

「仏壇に奥様とふたりの位牌があったし、店の人からも聞きました」

「そうかい。遠い昔のことだ。まあ、生きていれば……」

「私くらいの年頃なんでしょ。いいですよ、娘さんの代わりと思って。でも、奥様の代わりはできませんから。だって、奥様だったら一緒に寝なきゃならない。うふふ」

遊里にいた女だけあって、色事には詳しいとみえる。そんなことを思った重三郎の心の裡《うち》を見抜いたかのように、

「私はまだ、おぼこですからね」

生娘《きむすめ》という意味である。

「だから、逃げてきたんだ……あんな嫌らしい所から」

「仲町の遊郭なんぞ、どうして預けられたんだね。やはり、親のせいかね」

二親が借金苦に陥って、他の子供たちを助けるために長女が遊郭に売られることは、よくあることだった。特に、飢饉が続いて、景気の悪い昨今は、生きるためには我が子でも犠牲にせねばならないくらい、酷い世の中だったのだ。

「そういうことです……でも、私が、あんな所に預けられたのは、まだ八歳のとき

……下働きをさせられました。毎日、毎日、女将《おかみ》さんや妓楼主に叱られながら、思い出すだけでも嫌なくらいです……その辛さを忘れたいために、時々、手慰みに絵を描いてたんです。でも、見つかるとまた叱られて……」

重三郎は容易に想像できた。岡場所ほど酷い扱いは受けないとはいえ、吉原生まれで吉原育ちの重三郎には、手に取るように分かることだった。

寛延《かんえん》三年（一七五〇）に、尾張《おわり》出身の丸山重助《まるやまじゅうすけ》と江戸っ子の広瀬津与《ひろせつよ》の間に生まれた重三郎は、吉原で引手茶屋をしていた両親のもとで暮らしていた。しかし、重三郎が七歳の頃、父と母は離縁をして、同じ吉原の『蔦屋』という茶屋に養子として引き取られた。それ以来、二親には会っていない。

いや、一度だけ、母親とは会ったことがある。

重三郎が二十四、五歳の頃だった。

自ら地本問屋を作りたいという夢を抱きながら、鱗形屋《うろこがたや》という版元が発行している『吉原細見《さいけん》』という吉原の妓楼と遊女の案内書を、茶屋の軒下を借りて売っていたのだ。それが思いの外《ほか》当たって、ただの小売りから版元になったときのことだった。

母親は別の男と一緒になって、江戸を離れていたが、重三郎は幾ばくかの金を持って訪ねたことがある。しかし、母親はすでに新しい家で子供を儲けており、亭主への

遠慮もあったのであろう、ろくに顔も見ずに、

「苦労させたねえ……でも、頑張っているようで安心した……これからも、頑張って生きていくんだよ」

と言っただけで、茶の一杯も飲ませてくれなかった。

これが実の母親かと、重三郎は涙が出そうになったが、持参した金を渡して、

「母ちゃんがいたから、俺がいるんだ……これは少ないけれど、子供らに何か甘いものでも食わせてやってくれ……ああ、大丈夫だ。迷惑はかけねえ……二度と来ないから、安心してくれ」

と逃げるように立ち去ったのである。それももう遠い昔のことになってしまった。

慌ただしい再会だったが、母親を怨んだり憎んだりはしていない。幼い頃には、いつも留守がちの父とは違って、しっかりと包むように抱いてくれて、そのたびに、

「おまえは強くて優しい子になるんだよ。そして、世の中の役に立つ立派な〝善き人〟になるんだ。私はそのために、おまえを産んだんだからね。頑張るんだよ」

そう言っていた。

〝善き人〟になれという言葉が、印象深く残っている。

母親は何か根拠があって話していたわけではあるまい。だが、我が子がすこしでも

世の中の役に立つような人間になれと願うのは、親ならば当然のことであろう。自分勝手な、欲望ばかりをさらけ出すような愚かな人にはなって貰いたくあるまい。

猫っ可愛がりをするのではなく、まだ幼い重三郎に対して、人の道を説いていた母親の優しい声を忘れることができないのだ。それゆえ、再会したときも、励ましてくれているのだと思い込んだ。そして、

——もっと大きな立派な人間になって、また会いに来る。

と心に誓ったのだ。

今は何処でどうしているか分からない。だが、もし元気で生きているならば、『蔦屋重三郎』という名を耳にしているかもしれない。私の息子だよと誰かに語っているかもしれない。そう思って、じっと瞼を閉じるしかない重三郎であった。

目の前にいるお楽も、たとえ酷い仕打ちをされたとはいえ、二親が恋しいに決まっている。重三郎は会わせてやりたいと思った。ところが、お楽はそんな気持ちはさらさらなくて、むしろ天涯孤独が気楽でいいと言う。

「そんなことを言っちゃ、親は悲しむぜ。事情があればこそ、おまえを手放したんだ。怨み事を言いたくなる気持ちは分かるが、親は大切にしなきゃならねえんだよ。どんな親でも、悪口はならないよ」

「けどね、お父っつぁんは必ず迎えに来るって言ったんだ。本当に男に身を売る前に……でも、来てくれなかった」

「…………」

「昨日が、その日だった……あたい、襦袢一枚にされて、煎餅みたいな布団に寝かされて、そこに肥った酒臭い男が通されてきて……無理矢理、抱かれそうになったンだ」

「だから、逃げて来たんだな」

「うん……あんな所にいるくらいなら、あたい、死んだ方がいい。もし、そのとき、酷い目に遭ったら、本当に舌を噛んで死のうと思ってたんです」

一瞬にして、決意に満ちた表情になったお楽を、重三郎は同情の目で見つめていた。

吉原とて似たようなものである。幕府に公許を得た遊郭であって、夢を売る所だといっても、突き詰めれば、やることは同じだ。それでも、立派な妓楼で、花魁《おいらん》になれば大尽《たいしん》や大身の旗本などに貢《みつ》がれて、幸せな人生を送ることができよう。しかし、同じ吉原でも、羅生門河岸《らしようもんがし》や西河岸のように、〝おはぐろどぶ〟に面している下級女郎たちは、岡場所とさして変わらない。逃げ出そうとして、痛い目に遭うのも一緒だ。

「そうかい……大変だったな……でも、もう安心するがいい。奴らとは金輪際《こんりんざい》、縁を切ったのだから、うちの娘のつもりで、絵の修行に励むことだ。そしたら、また新しい道が開ける」

「ありがとうございます」

お楽はあっけらかんとして、笑った。つい、昨日まで、岡場所で藻掻《もが》いていた娘には見えないくらいだ。

「でも、お楽……どうして、うちに逃げ込んできたんだい？」

奉行所に訴え出てもいいし、駆け込み寺や人助けをしてくれる公事宿《くじやど》などもある。

「もちろん、そう思ったよ……でも、前にも一度、自身番に逃げ込んだら、逆に郭まで連れて帰られちゃった。お上なんざ、あてにならないよ」

「たしかに、お上は、困った人や貧しい人を救おうとしないねえ。むしろ、弱い者いじめばかりしやがる」

「うん。でも、遊女の誰かが言っていたのを聞いたことがあるんだ」

「何を？」

「――蔦屋さんなら、助けてくれる……そして、怨みも晴らしてくれるって」

そう言ったお楽の黒い瞳の奥が、キラリと光った。重三郎ですら一瞬、ぞっとするような目つきだった。

「そうだよ。蔦屋さんは、お上に屈しない凄いお人だ。だから、どんな悪い奴でも懲《こ》らしめて、酷い目に遭った人たちの怨みを、必ず晴らしてくれるって」

「怨みを……？」

「こりゃ、驚いた。私が蔦屋の店主だが、そんなことは初耳だねえ」

重三郎は苦笑を返したが、心の中では、

——どうして、この小娘が、私の〝狂歌連〟の裏の稼業を知っているのか。

と不思議に思った。だが、お楽はそれ以上、何も言わなかった。

蔦屋の地本は、遊女たちの間でも読まれている。それゆえ、苦界《くがい》から誰かに救って貰いたいという遊女の願い事を、草双紙の版元の名を持ち出して、妄想していただけかもしれない。そんな遊女の言葉を、お楽は素直に信じたのであろう。重三郎はそう思っていた。

「旦那様……仲町の岡場所のお姉さんの中には、肺病を患っているような人もいるんだ……でも、郭の連中は何もしてくれない。助けてあげて」

「俺が、か……？」

「だって、草双紙のいい男たちって、必ず悪い奴をやっつけて、いい人を助けるよ。郭のお姉さんたちも、きっとそれを願ってると思うンだ……ねえ、旦那様」

お楽のことは可愛らしいが、なんだか厄介なことになってきたなと、重三郎はちょっと煩《わずら》わしく思った。

三

深川仲町の八五郎の屋敷は、まさに岡場所の真っ直中にあって、『上総屋《かずさや》』という遊郭も営んでいた。お楽は別の見世《みせ》の〝奉公人〟だったが、仲町から足抜けをしようとしたので、子分たちが連れ戻そうとしたのであった。

しかし、そのことは、〝狂歌連〟の席で、すでに金で片をつけたはずだ。が、三日経っても、八五郎からなんの返事も来ないどころか、

──お楽の身請け料、百両を届けろ。

という文が、飛脚によって届けられたから、重三郎は自ら訪ねてきたのであった。

ひとりでは危なかろうということで、山東京伝も同行した。ずんぐりしている重三郎に比べて、三十過ぎたばかりの京伝は、団十郎ばりのいい男で、昨年、遊女だった菊園《きくぞの》を嫁に貰ったばかりである。

京伝は、北尾重政に浮世絵を学んだ後、蔦屋の〝狂歌連〟に出るようになって、大

田南畝、恋川春町らと交わり、さらには市川団十郎とも親しくなり、

「あんたは絵よりも、物語を作る方に才覚がある」

と言われて、戯作に目覚めたのである。

質屋の倅に過ぎなかったが、黄表紙『江戸生艶気樺焼《えどうまれうわきのかばやき》』から洒落本『息子部屋《むすこべや》』などの話題作を次々と発表して、今や売れっ子戯作者となっていた。妹も黒鳶式部《くろとびしきぶ》という狂歌作者になっている。実家の岩瀬《いわせ》家は、深川の木場にあったから、富岡八幡宮辺りは庭のようなものだった。

生粋の江戸っ子ではあるが、実は尾張藩の名君といわれた徳川宗勝《むねかつ》の御落胤《ごらくいん》であるとも言われている。江戸屋敷に来たときに戯れた女中の子だというが、岩瀬家に預けられたのであった。むろん、そのことは重三郎も知っているが、世間には隠している。

八五郎は噂どおりの横柄《おうへい》な態度の男で、総髪に束ねて無精髭を生やしたままの無粋ないでたちであった。とても、任侠を売り物にしている江戸っ子には見えない。

真っ昼間から張り見世には、気怠《けだる》い様子の女が赤い襦袢姿で座っており、この中に入った途端、黴《か》びたような饐《す》えた臭いがした。

「なんだ、こりゃ……」

異様なくらい綺麗好きの京伝は、うっと袖で鼻を押さえた。重三郎も感じたが、そ

れよりも目の前の八五郎のふてぶてしい様子が気に入らず、

「どういうことか、きちんと話を聞かせて貰いましょうかね」

と語気を強めて言った。

「話ってのは？」

「惚《とぼ》けなさんなよ。これは、どういうことかね」

百両の請求書を見せて、重三郎はポンと叩いて、八五郎に迫った。

「どうもこうも、あんた……人の店の商品を取っといて、只《ただ》ってことはねえでしょ。それとも、蔦屋さん、おたくは泥棒でもなさってんですかい？」

人を食ったような口調だが、表情は至って真面目である。そんな八五郎を見て、店の土間や表でぶらついている印半纏の子分たちは、ニマニマ笑っている。

「只……？　私はちゃんと二十五両を、そこの男に渡しましたがねえ」

重三郎は鮫吉を指して、

「そのことを他の連中も見ていますよ」

と言った。だが、鮫吉は、知らないねえ、一文も貰っていないと言い張った。八五郎はそれが嘘だと承知しつつも、

「こいつは正直だけが売り物でねえ……知らないってんだから、蔦屋の旦那……ほん

とは払ってねえんでやしょ」

「私が主催する〝狂歌連〟の連中もいたのですよ。中には、北町与力もいたし、この山東京伝もいました」

その名を聞いて、八五郎は一瞬、おっという顔になって、

「へえ、そうですかい、あの有名な……あっしもね、先生の黄表紙『奇事中洲話《きじもなかずわ》』なんて面白くてねえ。洒落本の『郭大帳《くるわのだいちょう》』、あれなんかもね、さすがは遊女を娶るだけあって、よく書けてますなあ」

京伝は険しい顔つきのまま、

「褒めてくれるのはありがたいが、どの物語もとどのつまりは、人は良いことをして生きなきゃって話なんだ。あんたも、そうしたらどうだい」

と言うと、八五郎は小さく頷いた。

「おっしゃるとおりで。ですから、あっしも世のため人のためと思って、こういうものを預かっておりやす、へえ」

羽織の内側から、十手《じって》を差し出した。

「南町奉行の池田《いけだ》筑後守《ちくごのかみ》長恵様より、直々《じきじき》に拝領しておりやす。近頃は、お上に楯突く輩がやたら増えて、世の中を不安に陥れるってことで、あっしらのような者も狩り

出されたんです、へえ」

　わざと謙《へりくだ》った言葉遣いをしているが、その目は少しも媚びていない。むしろ、重三郎たちを睥睨《へいげい》している。蔦屋という版元が、公儀批判のような本を数多く出していることを承知しているからだ。

「なるほど……」

　重三郎は納得したような顔になって、

「八五郎さん、あんたが京伝さんの本をよく読んでいるのも、何か公儀に不都合なことを書かれていないか、調べていたんですな」

「――ま、そういうことだ……でも、安心しな。俺はこう見えても、色々な学者先生について勉学して、ちょいとここがいいんだ」

　と八五郎は十手の先で自分の頭を指して、

「だから、なんでもかんでも、上に訴え出たりしねえ。秀政や歌麿、それから春町の浮世絵も大好きでやしてね、これがお上に始末されるなんざ、あっちゃいけねえこった」

「だから、百両払えと？」

　八五郎を見上げて、重三郎は言った。

「お楽の身請け金という名目で、百両払えば、奉行所へ訴え出るのはやめてやる……まるで、そういうふうに聞こえましたが」

「…………」

「南町の池田奉行は、松平定信様には大層、目にかけてもらっていると噂の御仁《ごじん》だ。明朗快活なお方で、大胆不敵に決断をするから、悪気はなくとも、結果として庶民を虐《いじ》めていることになる。つまり、お上が正しいと信じており、罪の意識がない。我々としては、そういう人間が一番恐い」

「……蔦屋さん……その言葉だけで、お縄にしたっていいんですぜ」

掌《てのひら》を返したように八五郎は、重三郎と京伝を睨みつけた。さすがに斬った張ったの渡世で生きているだけあって、その眼孔は人の心を剔《えぐ》るような冷たくて鋭いものがあった。

「お縄にされちゃ敵《かな》わん……それに、恋川春町のようには、なりたくないからねえ」

語尾を伸ばした意味深長な言い草に、八五郎の眼孔がより一層、強くなった。

「どういう意味でえ……」

「春町さんは、『鸚鵡返《おうむがえし》文武二道《ぶんぶのふたみち》』という黄表紙が、松平定信様の文武奨励をからかったという咎で責めを受け、その直後に隠居して自害しているんです。一昨年のことです」

恋川春町は武家の生まれである。父親は紀州徳川家の家付家老・安藤帯刀《あんどうたてわき》の家臣であった。次男であったがため、親戚の養子となり、駿河小島《おじま》藩士として出世し、側用人《そばようにん》や年寄本役という藩政の中枢にいた。わずか一万石の小藩とはいえ、『金々先生栄花夢《きんきんせんせいえいがのゆめ》』などの名作を生み、まさに文武両道に通じた人生を送ってきた。

京伝は後に、『金々先生造花夢』という黄表紙を出しているが、それほど公私ともに影響を受けた戯作者であった。

「私は、春町先生が自害したとは思っておりませぬ。老中首座の呼出《よびだし》に応じず、自宅にいたときに、何者かに殺された……そう思っております」

そう京伝が付け加えたものだから、八五郎たちは一挙に気色《けしき》ばんだ。

「なんの話だ、ええ!?」

「あんた方も少なからず関わっていたのではないか……そう思いましてね」

「てめえッ。言うに事欠いて、人殺し扱いするってのか、この俺を」

八五郎はぐいと十手を突きつけて、

「こちとら、男を売りにして任侠道を生きてきて、御用まで与《あずか》ってンだ。ガタガタぬかすなら、本当にお縄にしたっていいんだぜ！」

「できるものなら、やってみなさい。なんの罪でです」

「そんなものは……」

「訳なんざ、どうでもつけられる。春町さんが、そうだった。そんな十手が恐くて、こちとら面白い物なんざ書けないんだよッ」

　さすがは尾州の殿様のご落胤だと、重三郎は声をかけたいくらいだったが、これ以上、相手を怒らせるのは得策ではない。すっと間に割って入ると、

「親分さん……こいつは、まだまだ若いのに、売れっ子ですんで、ちょいと調子に乗ってましてね、私から謝ります」

　と深々と頭を下げた。

　八五郎とて、〝蔦重〟が吉原でも顔ききだということは、よく承知している。吉原の公娼街と深川の私娼街では、まったく違った営みをしているとはいえ、根っこは繋がっている。吉原の惣名主《そうなぬし》・庄司《しょうじ》甚《じん》右《え》衛門《もん》が乗り出してくれれば、何かと厄介だ。八五郎なんぞ、捻り潰されるかもしれない。

　そんな思いを察した重三郎は、さらに頭を下げて、

「どうか頼みますよ、八五郎親分……お楽のことは、この前の二十五両でちゃら」

「しかしな、あいつを育てるためにも、それなりの金が……」

「酷使した上に、まだ客を取る前なんだから、相場より高いと思いますがねえ。それでも、貰ってないって言い張るならば……また、話がややっこしくなりますよ」

重三郎はチラリと鮫吉を見てから、

「こうして頼んでいるのです。男の器量を見せてやって下さいな、親分。いずれ、吉原から、いい玉を流しますから」

と言った。その言葉に、八五郎はすぐに算盤《そろばん》を弾いたのか、

「仕方ねえな……天下の〝蔦重〟にそこまで頭を下げられちゃ、こっちも顔を立ててやるしかあるめえ。おいッ」

子分に命じて証文を持って来させた。重三郎は自分の目で確認をした上で、その場で破り捨てた。

「これで、一切合切《いっさいがっさい》、お互い何もなかったことにいたしましょう」

「……………」

不満げではあるが、八五郎は頷いた。

「ところで、親分……妙な臭いがしているし、来る道々、遊女屋などもちらりと覗いてみたが、この町はもしかしたら、疫病が流行りはじめてるかもしれません」

「なんだとッ。また、いちゃもんを……客を来させないつもりか」

鮫吉が横合いから声をあらげたが、重三郎は冷静に八五郎の方に向かって、

「そうではありません。客足を遠ざけないためにも、妙な病が蔓延する前に、手を打っておいた方が、ようございますよ」

と助言をすると、また礼をして立ち去った。京伝はじろりと八五郎たちを睨みつけてから、背を向けた。

遠ざかるのを見届けるや、鮫吉は八五郎の傍らに寄って、ささやいた。

「――親分……いっそのこと、やっちまいましょうか……奴ら、恋川春町のことも、気づいているようですぜ……」

「シッ。めったなことを口にするねえ」

「でも……」

「おまえなんかじゃ相手にならねえよ。それより、〝蔦重〟が言ったことは気になる。ああ、病のことだよ。たしかに、近頃、変な咳をする肺病みのような女郎が増えた。町医者を呼んで、ちゃんと調べてみろ」

八五郎にそう命じられたが、鮫吉は生返事だった。どうでも重三郎と京伝に一泡吹かせたくてたまらない。そんな顔をしていた。

四

重三郎の危惧は現実となった。

仲町の遊郭だけではなく、富岡八幡宮を取り囲むように、永代町、蛤町《はまぐりちょう》、大和町、入船町、さらに離れて大島町や仙台堀川を越えて、伊勢佐木町《いせざきちょう》や西平野町の方まで、異様な咳をする人々が増えた。

吐き気と熱を伴い、ときに意識が混濁することもあって、死人も二人出た。労咳《ろうがい》のようになって床に伏せっている者たちも五十人を数える。

——恐ろしい病が広がっているに違いない。

そう判断した南北町奉行は、原因の究明と患者の隔離と治療、広がりを止める予防などを急いだものの、相手は目に見えぬ病であるから、直《ただ》ちに改善はされなかった。

良くならないどころか、日に日に酷くなってきた。

『蔦屋』のある日本橋界隈の通りでも、棺桶を載せた大八車が行き過ぎたり、咳き込みながら行き倒れのようになる人も増えた。

「もしかしたら、流行り病になるかもしれないな」

と重三郎は呟いた。恋女房が死んだときの町の様子と似ていたからである。

しかし、町奉行が動いたからといっても、何も変わらない。普段は、頭の上から偉そうに命じるくせに、イザというときは、

「鋭意、やっておる」「しばし、待てい」「すぐによくなる」「いずれ分かる」「大したことではない」「恐れるに足りぬ」

などと役人たちは適当な言葉で濁して、おろおろしているだけだ。

その間、庶民たちは力を合わせて、必死に倒れた老婆を戸板に乗せて医者の所に担ぎ込んだり、子供を背負って走ったり、中には遠くに避難するために荷物を載せた大八車で急いだりして、目の前の危機から懸命に逃れようとしているのだ。

ここ『蔦屋』でも——。

奉公人のひとりが仕事をしているときに、突然、倒れた。朝から調子が悪かったのだが、迷惑がかかってはいけないと、無理をしていたようなのだ。

諭吉《ゆきち》というその手代は、崩れるように店先で倒れたのだが、通りがかりの人が気づいてくれたのだ。他の店の者たちで担いで二階に上げて寝かせてから、すぐ近くの町医者の敏庵《びんあん》に来て貰って調べたのだが、深川界隈で起こっている病と同じであろうとのことだった。

京伝の弟子でもある滝沢馬琴が訪ねてきて、諭吉の面倒を見ていた。医学の心得があったからである。

馬琴もまた武士の子であった。父親は千石という大身旗本の用人だったが、長兄が養子となって他家に移ったり、他の兄も早世したので、馬琴が主家の松平家に仕えたのだ。しかし、他の家来とうまくいかず、宮仕えという性分にも合わず、飛び出してしまった。

幼い頃から俳諧に親しんでいたが、食うために山本宗洪《やまもとそうこう》に医術を学んだり、儒者の黒沢右仲《くろさわうちゅう》らから学問の修行もしたが、ひとことで言えば、自ら招いた不幸を背負った上での、出鱈目な放浪暮らしであった。

ところが、心機一転、京伝に弟子入りを申し込んだのが、去年のこと。弟子は取らぬと頑なに拒んでいた京伝だが、たまたま江戸で洪水騒ぎが起きて、なりゆきで住み込みとなったのだ。

その文才は、重三郎が認めていた。しかし、性格が災いするぞと常々、忠告していた。まだ二十五歳だから血気盛んなのはいいが、どうも短気で飽きっぽいのがダメだと、重三郎は常々、苦言を呈していた。

もっとも、重三郎自身、若い頃は諸肌脱いで吉原で大暴れしていた男である。見事な鯉の滝登りの刺青《ほりもの》があるのは、若気の至りではなく、浮世絵や草双紙の版元として生きていくという覚悟に他ならなかった。武士や大店の商人、職人らに比べれば、〝虚業〟であったからだ。

しかし、人を見る目は人一倍ある。馬琴の才能を見抜いた重三郎は、京伝に預けて修行をさせていたようなものだった。

「どうだね、馬琴さん……諭吉は大丈夫そうかね」

重三郎が心配そうに尋ねると、

「旦那。どうぞ呼び捨てにして下さい。さんづけをされると、どうも面映《おもは》ゆくて……」

「そうはいかない。あなたは私の子供のような年ではあるが、武門の出だし、京伝が預かっている、いわば余所様《よそさま》の弟子だからね」

「でも、京伝先生は、俺はもうおまえは懲り懲りだから、『蔦屋』の手代になれと言われてます」

「うちの手代に……」

「はい。戯作の修行より、まずは人間の修行をせよと。そのためには、大小の刀を捨て、町人になることだと」

「まあ、それも悪くないが、慌てることはない。まだ若いのだから、じっくりと自分の書きたいものを見つけなさい」

馬琴が本腰を入れて戯作に取り組むのは、三十歳を数えてからだ。そして、『椿説《ちんせつ》弓張月《ゆみはりづき》』で脚光を浴びるのは、まだ十三年後のこと、『南総里見八犬伝《なんそうさとみはっけんでん》』で不動の名声を得るのは二十三年後のことである。

大器晩成というところか。だが、このときはまだ、重三郎や歌麿、京伝らの小間使いのようなことをしていた。香取神道流《かとりしんとうりゅう》の剣術を極めている居丈夫なのに、よく働くのは、よほど重三郎のことを信頼していたからであろう。

「それにしても、どう思うかね、馬琴さん。これは、やはり流行り病なのかねえ」

「異国でも色々な病が流行っていると耳にしたことがあります。長崎から、この国にはない菌が入って来るとも……でも、長崎では何も流行っていないらしいですからな、これはやはり、この江戸でだけ起こっていることだと思います」

「ふむ……」

「しかも、まだ江戸の全てに広がっているわけではない。やはり、富岡八幡宮あたりが中心で、徐々に広がっています。両国橋や永代橋を挟んで、こっち側にも徐々に患者の数は増えているようですが、深川仲町あたりに比べれば、大したことはありません」

「それにしても、気味が悪いものだ。原因が分からぬということで……益々、人々が不安に駆られるからねえ」

感染症であることは間違いがない。相変わらず、高熱を出し、ときに意識が混濁して、その後で呼吸が困難に陥る。酷くなると咳き込んだまま死ぬという恐ろしい病だった。

「私も多少は色々な病を見てきましたし、患者も扱ってきましたが、此度《こたび》の流行り病だけは、私の医学や本草学《ほんぞうがく》の知識だけでは、どうしようもありません。蘭方医が見立てた方が、きっと人々は助かると思います」

しかし、後に言う〝寛政異学の禁〟によって、蘭学は学んでも使ってもダメだということになっている。

なっているというのは、幕府は長崎の出島にある医学所などを通じて、最先端の洋学医学を仕入れているからだ。松平定信の祖父である吉宗は、天文学や薬学などの西欧文明を貪欲に学んでいた。松平定信も、その学問を否定するものではない。ただ、庶民に広まってしまうと、儒学の中でも朱子学を中心とした封建制度の体制が崩れてしまうと危惧しているのだ。

同じ御三卿《ごさんきょう》の一橋治済《ひとつばしはるさだ》や田沼意次の奸計にはまって、白河藩主にさせられていたという苦い体験から、人を信じられなくなっていたのかもしれぬ。だからこそ、たかが庶民が日頃の憂さを晴らすための狂歌ごときに目くじらを立て、さりげなくお上への文句を練り込んだ文芸を焼いてしまおうと思うのであろう。しまいには、その作者を捕らえて、お仕置きをするという、人とは思えぬ所行をやるのだ。

とまれ、馬琴としては、目の前で苦しんでいる諭吉を救いたい一心から、色々な薬を試そうとしたが、残念ながら速攻で効くものはなかった。

そんなとき、居候のお楽が、一服の薬を持って帰ってきた。

「馬琴さん。これ、使ってみて」

と、小さな赤い袋を差し出した。大概、白い袋は良薬だが、赤い袋は効果は強いが、副作用もある毒性の強いものだから、生死をさまよう状況でない限り使えない。

「でもね、これで、治った人も大勢いるって話だよ」

「これで……？」

外袋には、日本橋『金峰堂《きんぽうどう》』の文字が入っている。『蔦屋』とは目と鼻の先にある薬種問屋街の一角にある店である。

重三郎とはさほど深いつきあいはないが、会えば挨拶くらいは交わす。日本橋には

『越中屋《えっちゅうや》』『丹波屋《たんばや》』『阿波屋《あわや》』など大きな薬種問屋が揃っているから、『金峰堂』は二番手、三番手というところである。

馬琴が内袋を開けてみると、白い粉である。ほんのすこし舐めてみると、痛いような苦みがあったが、モノは何か分からない。

「どうして、これを……？」

薬を仕舞いながら、馬琴が訊くと、お楽はにっこりと笑って、

「私がこうして微笑んで、うちの手代が大変なの……って、しなを作ったらくれたの」

「本当かよ」

「ほんと、ほんと。その代わり、これが効いたら、『蔦屋』で、この薬のことを大いに宣伝をして欲しいって」

なるほど、それが狙いだったかと重三郎は思ったが、本当に効く薬かどうかを、自分の手代で試すわけにはいかない。そうはいっても、目の前の諭吉は発疹までできて、ぜえぜえと息苦しそうにしている。流行り病ならば、他の奉公人にも移るかもしれず、ただ手をこまねいているわけにもいかぬ。

「どうしたら、いい、馬琴さん……」

迷っている重三郎に、お楽はあっさりと言った。

「だって、みんな飲んでたよ。そしたら、治った。すぐそこの団子屋のご隠居も、呉服屋のお孫さんも。ほんとだよ」

「そんな夢みたいな薬があるとは、俺には信じられないが……」

背に腹は代えられないとばかりに、馬琴は敏庵先生の立ち会いのもと、諭吉に頓服《とんぷく》させると、一晩を超さないうちに症状は快復してきた。まさに、神憑《かみがか》りの薬だった。

翌日、重三郎は馬琴とともに、『金峰堂』を訪ねた。

主人の幾兵衛《いくべえ》は細身のおとなしそうな人で、骸骨のように落ち込んでいる目だが、黒く生き生きとしていた。

「うちの薬は、如何《いかが》でしたかな。蔦屋さん」

「ありがたいことに、手代は命拾いをしました。まさに、おたくのお陰です。早速《さっそく》、今、摺りに入っている絵草紙の裏表紙に、この薬のことを書いておきました」

「これは、申し訳ありませせぬな」

「いえいえ。感謝するのは、こちらです。それとは別に、『金峰堂』さんの流行り病に効く薬について、書き広めたいのですが、薬の成分だの効能だのを教えてくれませぬか。これは、まだ駆け出しの戯作者の滝沢馬琴という者ですが、医学にも少々、通じておりましてな」

「さようですか……」

　ギラリと見た幾兵衛の目に、馬琴はどこか違和感を感じた。

「広めてくれるのは、ありがたいことですが、成分までは……それを言うと、うちがお縄になるかもしれませんからね」

「それは、蘭方だからですか」

「大きな声では言えませんが……まあ、そういうことです。内分に頼みますよ」

「分かりました。しかし、この薬を広めることで、助かる命はあるはず。人々に報せぬ手はありません。人助けと思って、せめて効能だけでも記して、広めようではありませんか」

「そういうことなら……」

　幾兵衛は承諾したと頷いて、

「本来なら、こちらから頼みたかったのですが、蔦屋さんのお陰で、流行り病を止めることができるやもしれませぬ。薬屋冥利に尽きるというものです」

　と改めて深々と挨拶をしたが、やはり馬琴にはどこか背中や脇の下がくすぐったい感じがして、居心地が悪かった。

店の表に出たときである。

——おや？

と重三郎は首を傾げながら、『金峰堂』の裏手に続く路地を見た。

「今のはたしか……深川仲町の八五郎のところの若い衆・鮫吉だ……」

と呟きながら、重三郎は確かめるように、路地に踏み込んでみると、『金峰堂』の裏口から、今、話をしたばかりの幾兵衛が顔を出して、何やら金でも入っているのか紙包みを、鮫吉に手渡した。

そんな様子を、馬琴も不思議そうに見やって、

「旦那さん……何か……？」

「うむ……この効き目のいい薬の裏には、やはり何かありそうですな」

重三郎がそう言った途端、何かに感づいたように馬琴はしっかりと頷いて、

「ちょいと探りを入れてみましょう」

「まあ、待ちなさい」

「いいえ。善は急げって言いますからね。この店を訪ねたときから、なんか引っかかってたんですよ。京伝先生からも、八五郎の話は聞いてますしね」

「おい、無茶はするなよ。何か〝仕事〟をするときには、みんなで一同に集まって、

決めてからのことだ」

「分かってますよ。俺もそこまで、気は短くありませんよ」

軽く微笑むと、馬琴はさりげなく鮫吉を尾《つ》けはじめた。

五

汐留《しおどめ》の浜に面して、小さな旅籠《はたご》がある。吹きさらしで腐ったような壁板で、二階の障子窓も傾いて、まだ夏の名残《なごり》があるとはいえ、海風は秋の冷たさを含んでいた。

その二階の一室では、障子を閉め切って、鮫吉が子分たち数人を前に、小判を一枚、一枚、配っていた。

「兄貴……これで、何をしろってんです」

子分の弥七《やしち》が問いかけると、他の伝三郎《でんざぶろう》や伊助《いすけ》らも気味悪そうに続けた。小判など庶民が普段使いできる貨幣ではない。大体が商家の決算用に使うものだ。ましてや、半端者が手にしていると、どこかで盗んだのではないかと疑われる。

「まあいいから、取っておけ。両替商で崩して貰えば、勝手に使える」

鮫吉は気軽に言った。

「でもよ……」

「はっきり言っておくが、まずい金だ」

「兄貴……」

「この仕事は、八五郎親分も知らないことだ。俺がてめえで考え、てめえで仕組んで、てめえで儲けたものだ。それが、意外とうまくいってな、もっとやろうってことになった」

「な、何なんです、それは……」

「おまえたちは黙って俺の言うことを聞いておきゃいいんだ。親分もきっと、後で褒《ほ》めてくれるに違いねえ」

鮫吉は自信を持って言ったが、弥七たちは釈然としなかった。

「あっしらはね、兄貴……建前を言うわけじゃねえが、八五郎親分と杯を交わして、飯の面倒も見て貰ってるんだ。裏切るようなことだけは……」

「誰が裏切るっつった」

声を強めて、鮫吉は子分たちを見た。

「親分は必ず喜ぶことなんだ。何しろ、稼げれば、何百両もの金になる。シケた賭場なんぞ開くことはねえし、上がりの少ない女郎をあてにすることもねえ」

「けど……」

　と弥七は言いにくそうに、小判を掌《てのひら》で転がして、

「親分は、兄貴のことを何か疑ってる。ここんところ、言うことをあまり聞かないし、あの二十五両だって、勝手に……」

「嫌なら、無理にとは言わねえが、町の屑同然のおまえたちを拾って、親分の身内にしてやったのは俺だってことを忘れるなよ」

「そりゃ……」

「黙って、言うとおりにしてりゃ、その一両が十両、いや、もしかしたら百両にだってなるかもしれねえ。それくらい、でっけえことを考えてるンだ」

　弥七たちは不安げな顔を見合ったが、この場で逆らうこともできなかった。ぶち切れると何をしでかすか分からない鮫吉だということは、誰よりも知っているからだ。

「分かったな。おまえたちにも、いい思いをさせてやりてえんだ。これまで、散々、酷い目に遭ってきた……夏は汗が出るくれえ暑くても、世の中ってのは冷てえからな」

「兄貴……」

「ここらで、一丁、逆転といこうじゃねえか。俺たちの意地を見せてやるんだよ」

鮫吉が目を細めて、静かに説得していると、弥七たちもしだいに、その気になってきたのか、黙って話を聞いていた。

「で……俺たちは何をすれば……」

「それはな……」

と声をひそめて、鮫吉が『金峰堂』の主人から貰った紙袋を差し出した。薬が沢山入っているようであった。それを出して鮫吉が話そうとしたとき、

――ガサッ。

という物音に、鮫吉は鋭く反応して、薬袋を大きな紙袋に戻すと、おもむろに立ち上がって、サッと襖を開けた。

すると、隣の座敷には、ごろんと寝そべっている浪人姿の馬琴がいた。

「なんだ……人の部屋に、いきなり……」

不機嫌に薄目を開けて馬琴が言うと、鮫吉は一応は腰を屈めて、

「こいつは失礼致しやした。誰もいねえと宿の者に聞いてやしたんでね……」

と言いながらも部屋を見廻して、怪しい者かどうか様子を窺っていた。

「ご浪人さん……こんな小汚え宿で何をやってるんです」

「見てのとおり、昼寝だ」

馬琴が面倒臭そうに答えると、鮫吉はさりげなく部屋の中に入りながら、

「そんなにお若いのに、働きもしねえで、ごろごろとはいい身分でやすねえ」

「——誰が、入っていいって言った」

「まあ、そうおっしゃらずに……袖触れ合うも多生《たしょう》の縁って言いますからね……もし、無聊《ぶりょう》を決め込んでいるなら、用心棒にでも雇ってあげましょうか」

「用心棒？」

「へえ。あっしら、実は、深川は仲町の八五郎親分の身内でして……名くらい聞いたことがあるでやしょ」

「知らんな」

「そりゃ、江戸じゃ潜りだ」

「まだ江戸に来たばかりでな……国元で少々、まずいことをして、逃げているところだ」

　とっさに出鱈目を言った馬琴の嘘を見抜いたのか、それとも本気にしたのか、鮫吉は興味深そうな目になって座り込むと、

「丁度いいじゃありやせんか、旦那……そっちは藩に追われる身。こっちは、まあ言わば、お上に睨まれる身の上。お互い助け合うことができると思いやすがねえ」

そう言いながら、さりげなく一両小判を馬琴のそばへ置いた。ちらりと横目で見た馬琴は、何も言わずにすっと懐に仕舞いながら、起き上がった。

「用心棒ってのも悪くはねえな」

と馬琴が言うと、鮫吉が子分たちに目配せをした。次の瞬間、子分たちが一斉に躍りかかった。だが、馬琴は素早く刀を抜き払うと、小気味よいくらいポポンと子分たちの足を払って、返す刀でバッサリと帯を切り裂き、髷を落とした。

「う、うわあ！」

驚いて腰を抜かして、床を這いずる子分たちを尻目に、鮫吉は動揺することもなく、

「ちょいと腕試しをさせていただきやした。申し訳ありやせん……でも、これなら、命を預けて安心だ。よろしく頼みますよ」

と、もう一両、差し出した。

馬琴は当然のようにそれを懐に入れると、

「で、何をしろと言うのだ」

「へえ。実は……」

鮫吉は障子窓を開けた。途端、強い海風が流れ込んでくる。

「ご覧下せえ。すぐ目の前に見える、あの島ですよ」

窓辺に寄って眺めた馬琴の目に、わずか半里程先にある埋め立て地が入ってきた。〝夢の島〟と呼ばれる塵芥でできた島であることは、誰でも知っている。だが、馬琴は江戸に来たばかりと言った手前、

「なんだ、ありゃ……」

と惚けてみせた。

「夢の島ってんですがね……本当は、夢も何もありゃしねえ、つまらねえ島でさ……でも、あそこには、金の成る木がわんさかありやしてね……あっしは、そこへ行って、一稼ぎしようと思うんです」

「ほう……」

「でも、そこには恐い恐い鬼が沢山いるらしい。だから、用心棒がね」

「なるほど。俺は猿か、犬か、雉《きじ》か？」

鮫吉はそれには答えず、

「どうですか。あっしの鬼退治につきあってくれますかねえ」

「これは面白い。江戸に来た早々、宝の山をザクザクと取れるとは、俺にも少々、運が向いてきたかな。むふふ」

調子に乗って話を合わせている馬琴は、重三郎との約束をすっかり忘れていた。

その夜、『蔦屋』の二階では、重三郎を中心として、喜多川歌麿、山東京伝、十返舎一九が車座になって、頭を抱えていた。

片隅には、お楽がいて、汐留で見てきたことを話している。実は、

——何か面白いことを調べているに違いない。

と好奇心旺盛なお楽は、自分の判断で馬琴を尾《つ》けていたのだ。

「でね、聞いて聞いて。馬琴さん、その鮫吉って人と一緒に小舟に乗って、夢の島に行ったんですよ。大丈夫かなあ」

「まったく、馬琴のやつ……あれほど勝手をするなよと言ったのに」

重三郎が溜息をつくと、歌麿も心配そうに、

「またぞろ、厄介なことに首を突っ込まなきゃいいがな」

「うむ。あいつはカッとなって突っ走るから、いけない。一九……おまえもその気《け》は、大いにあるがな」

「馬琴と一緒にしないでくれ」

十返舎一九もまた武士の出である。駿河国府中藩の町奉行所同心の倅で、馬琴と同じように初めは武家奉公をしたものの、すぐに浪人となった。昔から、狂言や謡曲、

歌舞伎や落語、川柳《せんりゅう》などを興じていたことから、義太夫《ぎだゆう》語りに弟子入りして、近松《ちかまつ》与七《よしち》という名で、浄瑠璃《じょうるり》を書いていた。が、それも大してモノにもならず、狂歌が縁で『蔦屋』に転がり込んできて、挿絵《さしえ》描きや版下《はんした》作りの手伝いをしながら、戯作の勉学をしていた。

かの名作『東海道中膝栗毛』を出すのは享和《きょうわ》二年（一八〇二）だから、まだ十年程先のことであるが、今は重三郎に便利使いされていた。手先が器用だったのが〝災い〟したのである。もっとも、その作風とはまったく違って、ふだんは、しんねりむっつりしており、何が気に食わないのか、いつも不機嫌な面をしている。

馬琴と違うのは、武士であることが嫌で嫌でしょうがなく、とっくに刀を捨てていた。茶道や華道、香道などの芸事に通じており、風流人を気取っていたが、

――芸術を理解しない奴は人間ではない。

とばかりに、無粋な者を見下すところがあった。概《おおむ》ね、武士は歌舞伎にしろ狂言にしろ、面白がることはない。町奉行が、

「人形浄瑠璃の人形使いはなんで顔を見せているのだ。一度は見てみたものの、二度と見たいものではない」

と言ったときに、一九は狂歌で、浄瑠璃という世情に通じたものを理解できないバ

カが、政事をできるわけがないと罵《ののし》ったために、牢に入れられそうになったことがある。与力の長崎の計らいで窮地は脱したが、それでもまた、

「人形浄瑠璃を見ないから、世情に通じろと言われたくらいで怒るのだ。何も分かっていない証拠だ。ケツの穴の小さな奴だ」

と批判したために、さすがに奉行所から叱責されたものの、入牢まではならなかった。そんなことをしたら、庶民の方が黙っていない雰囲気があったのであろう。だが、今は〝御改革〟とやらで、お上の厳しい目が光っていた。

口は災いの元というが、狂歌連の連中は、狂歌で災いを作っているとも言える。それこそが、まっすぐ世の中を批判していることに他ならない。

だが、重三郎たちは、批判するだけに留まっていなかった。

「――あ、そうだ、お楽……ちょいと席を外してくれないか」

「え、なんで？」

「大人の話があるんだよ」

「あたいだって、充分に大人だよ」

膨らんだ胸を突き出して見せたお楽に、歌麿は真顔で、

「色々となみ次に上梓《じょうし》する本のことを話し合わなきゃならないんだ。外に漏れちゃな

らない大切な話なんだ。なに、いずれ、おまえにも加わって貰うから」

「なんだか、除《の》け者にされたみたいだ……けど、仕方ないよね、大切な話なら」

けろりと笑って出て行った。だが、歌麿が襖を開けると、そこで耳をそばだてているお楽の姿があった。

「あ、違う、違う……」

誤魔化《ごまか》しながら階下に降りるお楽を見送ってから、歌麿はゆっくりと襖を閉めた。

六

いつもはおっとりとしている重三郎が、真剣なまなざしになると、他の者たちも膝を詰めて真顔になった。

「此度の流行り病に効く薬が、『金峰堂』だけにあるというのは妙だなと思っていたのですがね、八五郎一家の鮫吉が関わっているとなると、私たちもきちんと調べてみないといけないと思いましてね」

「そりゃそうです」

歌麿がこくりと頷いて、

「薬のことを宣伝するのですからね、もしそれが何か紛《まが》い物であったならば、『蔦屋』が手を貸したことになりかねない」

「まあ、それもあるが、歌麿さん……ここからは、裏の話といこうじゃないか」

重三郎は真剣な目のまま続けた。

歌麿は、美人画から幽霊絵師として名を馳せた鳥山石燕《とりやませきえん》の門下で、主に役者絵を描いていた。他の絵師の筆致を真似て描くのが得意で、北尾重政や鳥居清長《とりいきよなが》など当代の有名絵師の贋作《がんさく》もしていたが、『百千鳥』などの狂歌絵本作者として知られるようになり、蔦屋重三郎と組んでからは、他人の物真似から離れて、独自の清涼感溢れる美人画を描き、またそれとは正反対の生々しい官能美漂う絵を巧みに描き分けていた。

その器用さに加えて、大胆な構図を作る才能は、絵ばかりではなく、

——裏の稼業。

にも遺憾なく活《い》かされていた。

「あなたに言われて、私も色々と調べてみましたがね、重三郎さん。たしかに、『金峰堂』の〝万能丸《ばんのうがん》〟という薬は、元が何なのか分からないし、そもそも『金峰堂』の主人・幾兵衛という人間の素性がよく分からない」

「奉行所には、きちんと薬種問屋の株を得ている者と届けられているが……」

「そんなものは、どうとでもなりますよ、金さえ積めばね。私はそれよりも気になったのは、何処から来たかってことです」

「分かったのかね」

「うちの弟子たちの中には、岡っ引の真似事をしている奴もいるので調べさせたところ、どうやら、元々は甲州の方で、馬喰《ばくろう》をやっていたそうなんですが、小さな薬種問屋の娘とできて婿入りし、そのまま主人になったらしい」

「それを聞けば、まあ、まっとうではないか」

「ですが、私が直《じか》に主人に訊くと、違うことを答える。上方《かみがた》の薬種問屋『泉州屋《せんしゅうや》』に丁稚に入ってから長年、奉公して、五年前に自前の店を持って、心機一転、江戸に来たのだというんですよ」

「出自《しゅつじ》を誤魔化しているというのかね」

「まあ、そういうことです。まあ、私たちだって、何処で生まれ育ったか、昔のことなどを根掘り葉掘り聞かれるのは嫌なもんですがね……」

たしかに歌麿は出身地や年齢をはっきりと語ったことがない。しかし、その人となりを見極めているから、重三郎は何より絵の才能を認めているゆえ、つきあっているのである。とはいえ、歌麿ほど頑《かたく》なに過去を語らない者もいなかった。

若い頃には諸国を遍歴した節《ふし》がある。あちこちの風土や習慣、言葉遣いから食べ物まで、やたらと詳しいからだ。それが絵にも活《い》きている。だから、本当は〝公儀隠密〟ではなかったか、と重三郎は密かに思っていた。内弟子に調べさせたがなどと言っているが、本当は、それなりの〝情報網〟があるに違いないと踏んでいた。それほど、重三郎にとっても、不思議な存在であった。

「まあ、『金峰堂』の素性のことは、おいおい分かるだろうが、歌麿さん……私が不思議に思っているのは、やはりその〝万能丸〟のことです」

「ええ。何処でどうやって作られているかも、実ははっきりとはしていない。幾兵衛さんに訊いてみると、河豚《ふぐ》毒で痺れた患者に飲ませて、症状を軽減させるものだって話です。それが、たまたま今般の流行り病に効いたってことらしいのですが、それもどこまで信用してよいのか分かりません」

「そこですな……私が思うに、八五郎一家の者たちが関わっているとなると、どうせ何か裏があるに違いないでしょう。ここはきちんと調べてみる必要がありそうですな」

重三郎が煽《あお》るように言ったとき、京伝が身を乗り出して、

「俺は、八五郎の方から探りを入れてみる。こう言っちゃなんだが、あの男は、そん

なに悪い奴とも思えないんだ」

「どうしてだね」

　歌麿が聞き返すと、

「たしかに、女を食い物にしていることは間違いないが、それなりに掟を守っている。お楽に関しても、重三郎さんの申し出を飲み込んだ。悪いのは、その八五郎の名を使って、素人衆に迷惑をかけている子分たちの方だ」

「かもしれないが、一家の者の手綱をしっかりと握っていない親分もまた責められるべきであろう」

「むろんだ。だからこそ、そっから探っていけば、『金峰堂』との繋がりもはっきりと見えてくるに違いない……そう思うのです」

「じゃあ、そっちは京伝に任せようじゃないか。何か狙いがありそうだ」

　そう重三郎は言ってから、一九の方を見やって、

「おまえさんは悪いが、馬琴を追って、夢の島……いや〝鬼の棲む島〟とやらに行ってみてくれないか」

「俺が……？」

「私は、夢の島こそが、『金峰堂』の謎の薬を作っている所ではないかと思っている。

そこで一体、どのようなものが作られているかはっきりすれば、『金峰堂』の本来の狙いも分かるような気もするのだがね」

「本来の狙い？」

「ええ。奴はもっと大きな何かを仕組もうとしている。お楽が聞いた話が本当ならば、今般の流行り病と薬については、〝お試し〟だったような気もしてきたのだ」

「まさか……」

勘のいい京伝が言った。

「流行り病も誰かが、わざと起こしたことだとでも？　それは、『金峰堂』の薬の効き目を試すために……」

「京伝のまさかが本当でなければいいけれどね。確かめてみる値うちはあると思う」

改めて重三郎が、探索に乗り出す覚悟を話すと、一九は感情を露《あら》わにしないで、

「――前々から思っていたのですがね、重三郎さん。どうして、あなたはこんな余計なことをするのです？」

「余計なこと？」

「だって、そうじゃないですか。もし、『金峰堂』がなんらかの悪意をもって、騒ぎを起こしているのなら、お上に訴え出ればいい。そしたら、町奉行所が調べるんじゃ

ないか。俺たちがすることではないと思うがねえ」

「なるほど、それも一理ある。しかし、現に人が死んでる。なんの罪もない人々が犠牲になったんだから、悪事を暴いて、始末しなければなるまい」

「そこが分からないンだよ。誰に頼まれたわけでもないのに、わざわざ俺たちが……」

と言いかけた一九を遮るように、歌麿が口を挟んだ。

「何も無理にとは言わないよ。私たちの狂歌連は何のためにあるんだね」

「………」

「俳諧や川柳のように風雅や笑いを楽しむのならば、それで結構ですがね。狂歌は世相をからかうだけじゃ意味はない。所詮は犬の遠吠えに過ぎなくなる」

「俺たちゃ、幕府から見りゃ、虫けら同然じゃねえか」

「そうですかねえ。虫けらならば相手にしないんじゃないんですか？　だけど、あんたの狂歌ひとつに奉行所は目くじらを立てた。本当のところは、お上は恐いンですよ、私たち庶民が……そして、庶民が何か物事を考えることも」

「………」

「そんな体《てい》たらくのお上が、町場で起こっている不気味な事件を、一々、取り立てて探索し、事前に始末をすると思いますか。町奉行所なんざ、人殺しでも起こらなきゃ腰を上げない。いや、それでも動かないときだってある。だからこそ、私たちのような狂歌連の者たちが……」

「分かった分かった。説教節は沢山ですよ。何も俺は嫌だなんて言ってやしない。探るほどの値うちがあるのかと思っただけだ」

「それを、自分の目で確かめて下さいな」

「結局は、大変な所に若い俺たちを送るだけじゃねえか……ああ、いいよ。やりゃいいんだろう、やりゃ」

一九は不満げに眉間に皺を寄せたが、それ以上の文句は言わなかった。

「では、そろそろ参りますか……悪い奴」

重三郎は朗々と声を発すると、歌麿、京伝、一九とそれに続けて即興で、

「悪い奴」

「始末つけろと」

「夢の島」

「波の飛沫《しぶき》の」

と言ったところで、一九が面倒臭そうに、

「ほら……馬琴のせいで、下の句が締まらないじゃねえか、まったく」

七

江戸湾が凪《な》いでいることは、まずない。大海のように常に白波が立っており、うねりがあり、風が舞っている。

この埋め立て地は、波飛沫《しぶき》に覆われていて、いつもじめじめしていた。沖合一里の所の浅瀬に杭を立てて壁を作り、沖から順番に埋め立てていくのである。いずれは陸まで届いて、地続きにする予定だったはずだが、地盤の沈下や思いの外、海水が浸潤したりして、いつまでも〝沖の島〟であった。

塵芥を埋めるから、〝埋めの島〟が本当の名だったが、それでは風流でないと、誰かがもじって〝夢の島〟と呼んでから、それが通称となった。

しかし、瓦礫《がれき》と塵芥と岩場だらけの島には、夢なんぞあるわけもなく、〝埋めの島〟の方が正しかった。しかも、塵芥が腐食しているのか、妙な臭気を発している。この腐食が増せば、毒素となって、火事も起こりやすい。

殺伐とした海風と塵芥だらけの周囲一里ほどの小さな島には、あばら屋が数棟建っているだけで、他には何もなかった。

ここは、汐留から舟で一漕ぎの所の沖合にあるが、武蔵国葛飾《かつしか》郡に取り込まれており、江戸ではない。よって、江戸町奉行の管轄支配ではなく、勘定奉行でも寺社奉行の支配でもないから、無法の町となっていた。

それゆえ、諸国で罪を犯した無宿人や牢から逃げた咎人が駆け込んできて、このような小さな町を作っていたのだ。いわば、〝治外法権〟みたいなもので、奉行所が手を出せないのをいいことに、賭場や女郎屋を築いて、阿漕《あこぎ》な稼ぎをしていた者もいる。仮に、お上の追っ手が来たとしても、簀《す》巻きにされて魚の餌にされるのが常だったから、誰とはなしに『鬼ヶ島』とも呼んでいた。

江戸からは、日に二百杯にも及ぶ塵芥舟《ちりあくたぶね》が通って、埋め立てている。お陰で、江戸市中からは不要なガラクタや汚い塵芥は減って、暮らしやすくなっている。しかし、ここはまさに江戸に住む武士と町人ら百万人の厠《かわや》も同然だった。

この吹きだまりには、塵芥だけではなく、人間のクズが集まってきていた。薄汚れた着物を着て、まるで物乞いのような連中がうじゃうじゃいる。食い物を奪い合って、殺し合いまでするような、まるで生き地獄である。

そんな怪しげで不気味な雰囲気の中を、鮫吉と一緒に、馬琴はぶらぶらとやってきた。誰も見向きもしない。どんな奴が来ても、人というものに興味がなさそうなのだ。

重三郎はかねてより、何度も町奉行に対して、この島の治安について探索をしてくれと頼んでいた。江戸の風紀にも関わるし、もしかしたら、今般の流行り病騒ぎも、この塵芥の島から発する黴菌《ばいきん》が元ではないかという懸念も報せておいた。しかし、支配違いを理由に、結局、奉行所は何も調べなかった。

「なんだか、異様な臭いがするな……」

馬琴が鼻を摘むと、鮫吉の方は苦笑しながら、

「そうかい？　俺にとっちゃ、懐かしいいい匂いだがなあ……」

冗談ではなさそうだった。

「俺もガキの頃は、この島と大した違いはねえ所で、寝起きしてた。いつかは綺麗な所で、綺麗なべべきて、いい香りのする女を抱いて……なんて夢を見てたが、大して変わらない暮らしをしてらあ」

「で……ここで、何があるというのだ」

「まあ、ついて来な」

行けども行けども、ただの瓦礫の山の中を進んでいくと、ふいに開けたように江戸湾がひろがり、遠く遙か向こうに上総《かずさ》の山々が眺められる。その海原に面して、これ

まで建ち並んでいた掘っ立て小屋とは違って、ちょっとした武家屋敷のような立派なものが建っていた。

そこには朱塗りの鳥居のような形をした門があって、戦国の足軽のような格好をした番卒が、数人並んでいる。

「なるほど……あそこに、この島の頭領でもいるのか」

「察しがいいな。まあ、そういうことだが、それだけでもない」

「どういう意味だ」

「来れば分かる。それとも、すこしびびってきたのかい、ご浪人さん……そういや、名もまだ聞いてなかったな」

「俺か……俺は、里《さと》見忠八郎《みちゅうはちろう》……覚えておけ」

とっさに言った出鱈目《でたらめ》な名だが、馬琴は浪人姿のときは、この名を使っている。

海風にはためく赤い旗に、朱色の門——。

まるで異国に来たような佇まいに、馬琴はしばらく呆気《あっけ》にとられていた。

すると、門内から、番卒とは別の大男が出てきた。まさに赤鬼のような面をしていて、太い長槍を持っているが、ブンと一振りして、鮫吉に声をかけた。

「そいつは誰だ、鮫吉……」

「へえ。あっしの用心棒でやす」

「大層に……そんな身分ではあるまいに」

「もちろんですとも。実は、こいつは……」

と鮫吉は、馬琴を振り返って、

「俺たちのことを探っていた妙な浪人なんで、こちらで始末をして貰いたいと思いやして、連れて来やした」

そう言った途端、馬琴の周りを、ずらりと数人の番卒が取り囲み、正面には聳えるような〝赤鬼〟が立った。

「！——おい、鮫吉……俺を騙したのか？」

「騙したのは、そっちだろう。貴様、一体、何者だ。誰に頼まれて、どうして、俺たちのことを探ってやがった」

鮫吉が小賢そうな目を向けると、赤鬼ふうの男が押しやって、

「俺はこの島の支配役・長谷川《はせがわ》様の与力、岩倉主水《いわくらもんど》というものだ」

歴とした武士だと名乗った。

「長谷川様……誰だ、それは……」

馬琴が訊くと、岩倉は答えることはなく、問答無用に大槍を突きつけてきた。

とっさに避けた馬琴は、地面を転がりながら素早く抜刀して番卒たちの足を払いながら、身構え直した。

が、間髪《かんはつ》入れず、岩倉は次々と槍を振り廻しながら突き進んでくる。必死に避けるしか手立てのない馬琴は、しっかりと刀で槍の柄を受け止めたが、あまりにも重い槍と岩倉の馬鹿力に吹っ飛んでしまった。

「!?――」

よろけた目の前に、槍の穂先が突き刺さったが、馬琴はわずか一寸で見切って避けるのが精一杯であった。

――やられる!

と馬琴は思ったが、岩倉は槍を引いて、

「おぬし、なかなかやりおるな……俺の槍から、これだけ逃げたのはおまえだけだ。大概は、一撃で死んだ」

「…………」

「どうだ。こんな三下《さんした》ではなく、ここの番兵にならぬか。食うには困らぬぞ」

「それは、ありがたい。願ってもないことだが……それでよいのか?」

馬琴が振り返ると、鮫吉は仰天したように立ち尽くしていて、

「あ、もちろんだ……岩倉様がそうおっしゃるのなら……俺は構わねえ……」

「そうか。なんだか、とんとん拍子で、嬉しい限りだ」

招かれるままに、馬琴は朱門の中に入っていったが、鮫吉は入ることができなかった。この屋敷の中は、それなりの〝身分〟がある者や、頭領が招いた客人しか入れぬことになっている。

「あのやろう……」

鮫吉は俄《にわか》に嫉妬の目になって、

「岩倉様！」

と呼び止めた。そして、海風を切り裂くような大声で言った。

「『金峰堂』からの伝言です！　例のものを沢山欲しいそうです！　一挙に百人……百人の人間を殺せるだけのものをと！」

鋭い目で振り返った岩倉は、おもむろに鮫吉に近づいてきた。

「それは、まことか……」

「はい。まずは手始めとして、これを……」

と風呂敷包みを手渡すと、それには百両分の封印小判が入っていた。

「事が成就すれば、さらにこの五倍は届けられると、『金峰堂』は言っておりました」

「嘘ではあるまいな」

「はい。あっしも、岩倉様の下で、思い切り働きとうございやす」

「よい心がけだ……だが、おまえには、八五郎という親分がいるではないか」

「ええ、まあ……ですが、あんなしょぼいヤクザ者の下で、いつまでも使いっ走りをしているつもりはありやせん。そのうち……」

「でかいことをしたい、か」

「おっしゃるとおりで」

鮫吉がうっすらと笑みを浮かべた次の瞬間、岩倉の槍がくるりと弧を描いた。そして、鮫吉の鳩尾から背中に、穂先が突き抜けた。不思議と血が飛び散らない。それほど、鋭く剔ったのだ。

「な、なぜ……」

目が真っ赤に血走り、息が絶える寸前の鮫吉に、岩倉は冷たく言った。

「平気で自分の親を裏切る奴なんざ、信用できっこないではないか……だが、おまえの考えたことは実に面白い……病原菌をばらまいた上で、それに効く薬を高値で売る……なかなかの商才だが、人を欺こうという気質が災いしたな。自業自得と諦めて、あの世とやらで、藻掻き苦しめ」

グイッと留《とど》めに突き抜いて、素早く槍を引き戻した。

それを——啞然と見ていた馬琴の目にも、恐怖が走った。

海風が怒濤の音とともに吹き荒れて、殺伐とした夢の島の一角には、さらに波飛沫が大きな渦を巻いていった。

第二話　鬼ヶ島の平蔵

一

油通町『蔦屋』の二階座敷では、重三郎と歌麿が腕組みをして、沈鬱な表情で座っていた。夢の島に行ったきり、音沙汰を断っている馬琴のことが心配だったのに加えて、追跡した一九のみならず、お楽までが姿を消したからである。

「どうも、あいつらは、思い立ったら吉日《きちじつ》とばかりに、すぐに飛び出して行くから困ったものですな、重三郎さん」

「そういう歌麿さんだって、似たようなことをしていたじゃないか」

「…………」

「特に、恋川春町さんが死んだときには、あんたは尋常じゃなかった。老中首座・松平定信の登城行列を待ち伏せしてまで、命を取ろうと画策していたのですからな」

「ええ。春町さんと昵懇《じっこん》だった朋誠堂喜三二さんも同じ気持ちだった。朋誠堂さんは、久保田藩の江戸留守居役、春町さんも小島藩の年寄本役を勤め上げたゆえな、年の差はあったが似たような思いだったんだろう」

「松平定信様とやらは、我々庶民よりも、武家の中から幕政批判が出ることを、一番恐れているようですな」

「侍たるものが、町人の真似事をして、狂歌や絵草紙にうつつをぬかしているのが、気に入らないのであろうが、春町さんの絵草紙は別に幕府を悪くは言ってない。むしろ、文武奨励はよいことで、その文の中には、朱子学だけではなく、もっと軽くて楽しめるものも入れるべきだとの考えがあってのことだ」

「ええ。春町さんの美しい絵は誰もが魅入られる。歌麿さんとは人気を二分するほどだったのに、惜しい人を亡くしました。正直、蔦屋にとっても、痛手でした」

「それにしても……」

　歌麿は悔しそうに拳を握りしめて、

「春町さんが自刃《じじん》などするわけがない。元々、武士が切腹することのバカバカしさだって訴えていたし、これからやる仕事も沢山あって、夢を語っていたのですからね」

「その覚悟が隠居という道だった……場合によっては、武士の身分も捨てるつもりだったのに、幕府は愚かな物語を書いたことを恥じ入って悔いて、自刃したという表向きの理由が欲しかったのでしょう。そうすることで、武士が偽名をもって戯作をしたりする風潮をなくしたかったのでしょうな、松平様は」

「ですが、それは却《かえ》って、町人の心に火をつけることになったのではないですかね……町人の気持ちを踏みつけた公儀に対して、怒りはいつ燃え上がるか分かりませんな……なあ、蔦屋さん。私たちも仕掛けてみますか。むろん、春町さんのように殺されるのを覚悟の上でね」

決然と言う歌麿を、重三郎はむしろ諫《いさ》める程だった。そして、春町の思いを引き継いで、自分たちは幕府の理不尽と、それに乗じて庶民を虐める役人たちに怒りの鉄槌《てっつい》を下すために、闇の〝狂歌連〟を作っているのだ。自分たちは、〝閻魔連《えんまれん》〟と呼んでいる。

「それにしても、お楽までが……あのおてんば、危ない真似をしなければよいが……」

と重三郎が立ち上がったとき、手代が駆けつけてきて、

「旦那様。大変でございます。火付盗賊改方《ひつけとうぞくあらためかた》の与力が来ました。物凄い剣幕で、

主人を出せと……」

「火盗改《かとうあらため》……？」

歌麿は心配そうな顔になったが、重三郎は心配するには及ばないと、店に出た。そこには、居丈夫で馬面の火盗改与力を先頭に立っており、数人の同心が店の表で張り込んでいた。

店先には浮世絵や黄表紙などを並べられている書台があるが、同心たちは乱暴に手に取っては放り投げたりしている。

「旦那方、大切な商品ですから、そんな扱いはしないで下さい」

重三郎が声をかけると、背の高い与力がズイと目の前に立ちはだかり、

「火盗改与力、小田島八十兵衛《おだじまやそべえ》である。ちと聞きたいことがあるゆえ、顔を貸せ」

「顔を貸せ……体から首を外して渡せとでも言うのですか」

「ふざけるな。ちょいとついて来い」

「訳も言わずに来いとは、随分と乱暴ですな。火盗改の旦那に呼びつけられるような悪さをした覚えは、まったくありませんが」

火付盗賊改方は、放火犯や盗賊などの凶悪犯を取り締まる役職で、先手組頭《さきてぐみがしら》から任命される、いわゆる武官である。文官である町奉行と違って、逃亡者に対しては、

江戸市中に限らず、関八州《かんはっしゅう》に出向いてでも捕縛する権限があった。さらに刃向かう者には斬り捨て御免の特権もある。つまり、裁判にかけずに咎人を殺したとしても、お役目として処理されたのである。

風紀紊乱《びんらん》の取り締まりや思想統制のために、蔦屋は常に町奉行所からは睨まれていたが、放火や盗賊ではないのに取り締まられる謂われはない。重三郎は一体、なんの罪かと問い返すと、小田島は長い顎を撫でながら、

「そうか……店の前じゃ、おまえの恥になると思うて顔を貸せと言ったのだが、ここで話してよいなら、そうする」

「なんでござんしょ」

「滝沢馬琴は、おまえが面倒を見ているそうだが、そいつが罪を犯したんだよ」

「馬琴が……はて、どのような」

「仲町の八五郎という侠客を知っておるな。知らぬとは言わさぬぞ。お楽という女のことで、揉めておったそうだな」

「ああ……それはもう片づいております。なんです、八五郎親分が何か蒸し返すことでもおっしゃったのですか」

「逆だ。馬琴が、八五郎の子分の鮫吉を殺した」

「え……どういうことです？」

重三郎はさすがに驚いたが、小田島は微動だにせずに、

「奴はなぜか〝夢の島〟に来ておってな、そこで、たまさか出会った鮫吉と揉めて、斬り殺したのだ。さすがは香取神道流の達人。ためらいもなく、バッサリと一撃で倒していた」

「信じられませんな。馬琴がそんな……」

「まことだ。岩倉という同じく火盗改与力が捕らえておる」

「で、馬琴は……」

「まだ〝夢の島〟の役所に預かっておる」

「〝夢の島〟……そんな所に、火盗改のお役所があるのですか」

火盗改の役所は、その長である長谷川宣以《のぶため》の拝領屋敷を使っているはずだ。先祖伝来の長谷川家家長の通称は、平蔵《へいぞう》である。火盗改・長谷川平蔵という方が、よく知られていた。その役所が、なぜ〝夢の島〟にあるのか、重三郎には分からなかった。

「あの島は、無宿者や咎人が逃げ込んで、うようよと住んでおるのだ。町奉行の手が及ばぬ所ゆえ、好都合なのだろう。だが、俺たち火盗改は天下御免ゆえな、〝夢の島〟に逃げ込んでくる悪い奴を捕縛するか……あるいは始末をするのだ」

「火盗改が〝夢の島〟で……」

俄《にわか》に信じられない重三郎だったが、長谷川平蔵は若い頃は、四百石の旗本の跡取り息子でありながら、放蕩の無頼とつきあい、〝本所の鐵《てつ》〟と異名《いみょう》を持つ程であった。仲町の八五郎ともその頃の仲間で、それゆえ八五郎も幅を利かせているのである。

だが、若い頃に悪さをした者ほど世情に通じてよい役人になることも多い。西の丸御書院番、御徒士頭《おかちがしら》、御先手組弓頭など武官で出世をして、火付盗賊改役になったのは四十を過ぎていた。

松平定信のもとで、石川島に人足寄場という、犯罪者の更正施設を造ったことが高く評価された。幕府の治安秩序部隊として、長谷川は尽力をしたものの、元々、罪を犯す人間の心理もよく分かっていたから、更正させることよりも、叩きのめすやり方のほうが強かった。

――人は弱い者だ。大切な人がいなければ、人はまた罪を犯してしまう。だから、妻や子、親のために更正させたい。

などというのは表向きの綺麗事であって、一度でも悪事を働いた者は徹底して、いたぶっていた。関八州で暴れ廻っていた神道の徳次郎《とくじろう》一味や、江戸市中で押し込みと手籠めを繰り返していた葵小僧《あおいこぞう》を捕らえて、言い訳無用ですぐさま処刑している。

情け容赦ないから、鬼の平蔵と呼ばれていた。そんな火盗改の役所が〝夢の島〟にあるとは誰も知らないであろう。

「与力様……本当に馬琴がそんな大それたことをしたのでしょうか。たしかに腕利きではありますが、たとえ相手がならず者でも、斬り捨てることなどしません。長谷川様とは違いますから」

「どういう意味だ」

「あ、いえ……そもそも、なぜ馬琴が鮫吉さんを殺さねばならないのです」

「その前に、なぜ馬琴が〝夢の島〟に来ていたのか、そのことが気になる。心当たりはないか。草双紙を書くような奴が、うろつく所とは思えぬがな」

「さて、それはどうでしょうか。物書きというものは、何事にも興味を示すものでございます。もしかしたら、塵芥の島が何かお話になると思って……」

「戯言はよいッ」

小田島は険しい声で制して、

「奴は何かを探っていた節《ふし》がある。それで鮫吉と争っていたようだが……遊女屋から逃げ出した、お楽とやらを助けたことで、またぞろ揉めていたのではないか？」

「私には分かりません。たしかに馬琴には、うちで地本を書いて貰っていますが、日頃、何処で何をしているかまで承知しておりませんので」

「まことに……」

「はい。できることならば、今すぐにでも私も〝夢の島〟の役所とやらに行ってみたいものです。馬琴に会って、本当に人を斬ったりしたのか話がしたい」

「それはこっちの仕事だ」

「でも、与力様、無実の者を咎めたりしないで下さいまし」

「無実かどうかを調べるのも、こっちがやることだ。もっとも、おまえの息の掛かっている者が処刑されれば、松平様もお喜びになるとは思うがな……くれぐれも余計なことはせぬことだ。でないと、本当に無実の罪で死ぬことになるやもしれぬぞ」

意味深長なことを言って、目をぎらつかせた小田島は、同心たちに目配せをして立ち去った。ただ、ふたりばかりは、まるでわざと客を寄りつかせないように、『蔦屋』の店先をずっとうろついていた。

そんな様子を店の奥から見ていた歌麿は、溜息混じりで、

「火盗改が出てくるとは思わなかったが、どういうことでしょうな、重三郎さん」

「分からん……分からんが、おそらく火盗改までもが、『金峰堂』と組んで何か悪いことでもしているのではあるめえな」

「いや、さもありなんですよ。何しろ、長谷川平蔵という人は、公金を博打や銀相場に使ったような人ですからな。もっとも表向きは、それで金を増やして、人足寄場造りの足《た》しにしたと豪語してましたが」

「うむ……とにかく、馬琴や一九のことが心配だ。指をくわえて見ているわけにはいかんな……さて次の幕はどうしますかな」

重三郎の芝居がかった言い草に、歌麿も腕組みで見得を切るように首を廻した。

二

〝夢の島〟に道らしい道はない。ただ、海風に晒された荒野が広がっているだけの埋め立て地である。だが、海を隔てて、江戸の方を見ると沢山の甍《いらか》があって、火の見櫓《やぐら》がにょきにょきと幾つも伸びており、その向こうに千代田城の櫓が見える。目を西に移せば冠雪に覆われた富士山が遙か遠くに眺めることができた。

海風のせいで土埃が舞い上がって、そのたびに異様な臭いもする。小さな塵が目に入ったりすることもあるから、ただ歩いているだけでも油断はできない。

達磨《だるま》のような体つきの着流しの男が、数人の女を引き連れて歩いている。どうやら、女衒《ぜげん》が何処かで金で買ってきた女のようだ。みんなシクシク泣いている。

その中に——お楽もいた。他の女と違って、獣のように目を凝らしている。

「さっさと歩かねえか」

よろめいた娘の肩を押しやって、男はどやしつけた。転んで膝を石ころで打って、擦りむいたり、青痣《あざ》ができたりする女もいた。そんなことはお構いなしで、男は蹴ったり、突き飛ばしたりしながら、女たちを島の一角にある掘っ立て小屋に連れて来た。

雨ざらし風ざらしで、半分傾いているようなあばら屋ばかりが、数棟あった。まっ昼間だというのに、あちこちで女が悶《もだ》えるような声が洩《も》れている。その声を聞いて、達磨男に連れられた女たちは、身を竦《すく》めて震えた。

「びいびい泣くンじゃねえ。怨むんなら、てめえらの親を怨みな。金が敵《かたき》の世の中だ。その体で払って返しゃ、いずれ自由の身になれるから、せいぜい頑張るんだな」

あばら屋の前に女たちを座らせた男は、

「お連れしやした。阿弥陀《あみだ》様」

と声をかけた。

すぐに、あばら屋の戸が開いて、真っ白な着物地に一輪の椿の柄《がら》——の着物がふわりと現れた。帯を前結びにしてだらりと垂らしている。なかなかの美形で、着物に負けないくらい白い肌で、口紅だけが妙に赤かった。

阿弥陀と呼ばれたのは、この女のようだった。女たちを品定めをするように、ひとりひとりの顔を眺めて、

「熊蔵《くまぞう》……今日は不作だな……ほれ」

と袖から取り出した金を渡したが、熊蔵は不満の表情で、

「阿弥陀様、いくらなんでも、これじゃ日当にもなりやせんぜ。こいつら、あちこちの村から連れて来たばかりだから小汚えだけで、ちゃんと磨けば、そこそこ使いものになりやすぜ。こいつなんか、美形じゃねえが、愛嬌がある面《つら》してるでやしょ」

そう言って、お楽を押し出した。キッと唇を結んで睨みつけると、阿弥陀は余裕の笑みで見つめ返して、

「ま、ここで働く女は顔よりも、体がどれだけいいかが勝負だ。まだ小便臭い女じゃないか。たんまり修行しておいき」

と声をかけた。

「女のくせに、女の敵なんですね」

「……なに？」

「あなたは女なんでしょ？　それとも女の格好をした男ですか」

お楽が生意気な口調で言うと、阿弥陀はいきなりほっぺたを引っぱって、

「上等じゃないか、小娘のくせに。おまえ、何処から来やがった」

「深川悪所ってとこだよ。年季が明けたと思ったら、この様《ざま》だ。こんな塵芥の島にまで岡場所があるとは、このお江戸はどうなってンだろうね、まったく」

「言っとくが、ここは江戸じゃない。泣き叫んでも誰も助けちゃくれないよ。助けてくれるのは、私のような仏様くらいかねえ」

「あんたのような、薄汚い阿弥陀様がいるもんか」

「元気な小娘だ。ちょいと痛い目に遭わせなきゃ分からないようだから、釈迦如来《しゃかにょらい》様の所へ連れてってやるよ」

と言った途端、若い衆がふたりばかり現れて、お楽だけを捕らえた。

すぐさま連れて来られたのは、島の東南端、江戸湾から海風が厳しい、朱塗りの門の奥にある屋敷だった。規模は小さいが、まるで琉球《りゆうきゆう》か中国の城のような佇まいで、石垣で囲まれた庭には、何人もの番卒が巡回していた。

そして、庭のあちこちには、黒っぽい野良着を着せられた男たちが、大工仕事や側溝の修繕など色々な仕事をさせられていた。

途中、赤鬼のような岩倉が長槍を持って立っており、「待て」と制止した。すると、

若い衆は平伏をして、

「阿弥陀様からのお届け物でございます、岩倉様。この女は少々、生意気なので、島の遊郭で使えるように、仕込んでやって下さいませ。その前に、味見などは如何かと」

　と言った。

　岩倉は嫌らしい笑みを浮かべると、お楽を眺めながら、

「よかろう。預かった。長谷川様が好きな固い桃のようだな」

「どうぞ、お好きに、いかようにも」

　若い衆は、お楽を岩倉に預けると、踵《きびす》を返して立ち去った。

　お楽は怯える様子もなく、島の一角を占めている塵芥の埋め立て地には相応《ふさわ》しくない立派な屋敷に目を丸くしていた。

「凄いねえ。こんな所があるなんて、まるで龍宮城だねえ」

「……おまえは恐くないのか、この俺が」

「そりゃ恐いけれど、それより、このお城みたいなのに驚いちゃった。ここは、何をするところなの？」

　屈託のないお楽に、岩倉は調子が狂ったように首を傾げて、

「ついて来い。驚くのはこれからだ」

「あ、はい……」

素直に岩倉について行くと、もうひとつ小さな門があって、その中に導き入れられた。そこには、いきなり町奉行所のようなお白洲があって、吟味方与力などが座る壇上があった。お白洲は白い壁で囲まれ、刺股《さすまた》、突棒《つくぼう》、袖絡《そでがら》みという捕り物道具の他に、鉄砲や弓、槍なども掛けられていた。

それを横切って、さらに奥に行くと、寺の本堂のような建物があって、その中は幾つかの部屋が板敷きの廊下に仕切られるような形で並んでいた。

しっかりとした造りの立派な建物である。お楽は奉行所にでも入って来たような錯覚に囚われた。

「見てのとおり、ちゃんとした役所だ」

「役所……」

「さよう。泣く子も黙る火盗改方の役所である」

「ええッ……こんな所に？」

「火盗改には役所はない。ゆえにな、長谷川様がここに造ったのだ」

「どうして、ここに……」

「この島には、咎人が大勢、流れてきておる。そいつらを、〝助けてやる〟のが、長谷川様の大いなる慈悲なのだ」

「――よく分からないけれど……だって、火盗改ってのは、悪い奴をとっ捕まえるのがお役目なんじゃないのかい？」

「悪い奴らは、悪い奴らと裏で繋がっていることが多い」

「ああ……だから、芋づる式に捕まえるために……」

「勘のよい娘だな。おまえならば、長谷川様も気に入るかもしれぬぞ。ただし、余計なことは喋るな。この島でいい思いをしたいのならな」

「いい思い？」

「この島に熊蔵に連れて来られたということは、女郎部屋に入れられて、まずは生きて出られないということだ」

「！……」

「だが、長谷川様のおめがねに適《かな》うと、おまえも会ったであろう、阿弥陀のようにそれなりの地位と身分を与えられて、何不自由なく暮らせるということだ。島には島の秩序がある。ゆめゆめ忘れるな。これが、俺のささやかな贈る言葉だ」

岩倉はそう言うと意味ありげに笑った。

奥の部屋に通されると、そこには大きな風神雷神図を描いた屏風があって、その前にデンと座っていたガッチリとした体躯の男がいた。まるで鷹のような鋭い眼光と突き出た鼻が印象深かった。

「火盗改役の長谷川様だ。挨拶をせい」

岩倉に肩を押されて正座をしたお楽は、こくりと頭を下げてから、

「――お、お楽……と申します……よ、宜しくお願い致します」

と震える声で言った。

それほど、長谷川の人を寄せつけぬ刺々しさと、獲物を狙うような目に身震いした。これが、幾多の凶悪な罪人を縛り上げたり、斬り捨ててきた火盗改の頭目だと思うと、お楽は何も悪いことをしていないのに、自分が咎人になったような陰鬱な気持ちに陥った。

「ふむ……」

長谷川は睨みつけるようにお楽を見たが、それ以上は何も言わず、ただ帰れと手で払う格好をしただけだった。

「お気に召さないので、頭……」

機嫌を損ねたのかと相手の顔色を見ながら、岩倉は訊いたが、

「おまえの目は節穴か」

と長谷川は言った。怪訝に首を傾げる岩倉に、

「この娘は遊女ではあるまい。誰に頼まれて、なんのために〝夢の島〟に来たか、その体に訊いてみるがよいわ」

そう返した長谷川を、お楽は驚いた目で見つめて、

「私はただの……」

言い訳をしようとした。が、あっさりと、

「俺の目を節穴だと思うなよ。一瞥《いちべつ》しただけで、そいつに邪念があるかないか、何を考えて喋っているか、嘘か本当か……分かるのだ。おまえが何者かは知らぬし、悪党ではなさそうだが……正直に言った方が身のためだ」

そう長谷川が低い声で窘《たしな》めるように言うと、お楽は何も言い返せなくなった。

「これは申し訳ありませんなんだ、頭……こやつ、何者か吐かせて参ります」

お楽の腕を摑むと、岩倉は引きずるようにして、その場から連れ出した。

残った長谷川は煙管を吹かしていたが、

「――どうも、気に入らねえ」

と呟いた。

三

火盗改役所の中には、拷問部屋や水牢などがあった。捕らえた咎人の罪を吐かせる所だというが、何もしていないお楽が拷問にかけられるとは考えられなかった。

だが、岩倉は、石抱かせや鞭打ち、海老責めなどの拷問を受けている人々を、格子窓越しに見せながら、奥の一室に連れ込んだ。時々、悲痛な叫び声が轟いて、屋敷中に広がっているように聞こえる。そのたびに、お楽の体がビクンと動いて、その目は泣き出しそうに潤んでいた。

「い、岩倉の旦那でしたっけ……私、何もしてないのに、どうして……」

「頭は、おまえが只者ではないと見抜いたのだ」

「只者ですよ。ええ、正真正銘、ふつうの女。たしかに遊女ってのは嘘。あの人たちが熊蔵って妙な奴らに連れてかれるのを見たから、助けたくって、私もわざと……」

「島に潜り込んだというわけか」

「実は私も岡場所に売られてたんです。だから、あの人たちが可哀想になって」

「つまらないことをしたものだな」

岩倉はわずかばかり同情の笑みを洩らしたものの、お楽の腕を後ろに組ませて手枷《かせ》をかけると、天井から下がっている綱に繋いだ。その綱は滑車によって上げ下げできるようになっている。

「か弱い娘にこんなことはしたくないがな、務めを果たさねば、こっちの首が飛ぶのだ。さっき会った長谷川様がなんと呼ばれているか知っているか」

「鬼の平蔵……」

「さよう。だから、この島も鬼ヶ島とも呼ばれておる。きちんとおまえのことも調べなければ、俺もお役御免だ。悪く思うな」

「た、助けて下さい。私、何も……」

お楽はまるで命乞いでもするように訴えた。

「だったら、正直に言え。おまえは何者なのだ。こんな塵芥の島に来たのはなぜだ」

「ですから、あの女の人たちが可哀想で、助けてあげたくて……」

「自分の身を案ずる方が先だと思うがな」

仕方ないと呟いて口元を歪めると、岩倉は滑車を動かす梃子《てこ》をずらした。すると、お楽の体がわずかだが引き上げられて、宙に浮いた。爪先がかろうじて床についているくらいだが、体には大きな負担がかかるはずだ。

「い、痛い、痛いよう……」

　後ろ手に組まされているから、お楽の肩が抜けそうになるほど激しい痛みを感じるはずだ。あっという間に、お楽の額には汗が滲み出てきた。

「お願い……助けて……」

「だから正直に話せば、助けてやると言っているではないか」

「うう……」

「俺は長谷川様のような鬼ではない。むろん、逆らえば、あっさり斬ることもあるが、俺にもおまえのような娘がおるのでな、できることならば、命だけは助けてやりたい。さあ、正直に申せ。楽になるぞ」

　お楽は意地になったように、唇を嚙んで黙っていた。

「そうか……俺の情けも通じぬか……もしや、滝沢馬琴の仲間ではあるまいな」

　岩倉がそう言ったとき、お楽の眉根がわずかに上がった。その微妙な変化を見逃さず、岩倉はニタリとなって、

「そうか。やはり、おまえもお上に楯突く輩の仲間だったか」

「…………」

「あやつめ、この島で何を探ろうとしてたか知らぬが、里見忠八郎などと名乗って、

鮫吉という遊び人を殺した。なのに、おまえと同じで口を割らぬ」

岩倉は自分が斬り殺しておきながら、馬琴のせいにしていることを、お楽は分かっていない。もっとも、お楽とて、『蔦屋』に集う狂歌連の連中は、一体、何者なのかよく分かっていない。たしかに、重三郎には八五郎から助けて貰ったから感謝はしているが、実際はどのような人間なのか、まだよく知っているわけではない。ただ、歌麿たちと集まって何やら秘密めいた話をしていたのは、

——裏で何か〝善き事〟をしている。

と感じていたからこそ、お楽もこっそりと馬琴を真似て追跡してきたのである。

しかも、『金峰堂』の薬と関わりがあるとなれば、きっと重要な何かを探っているに違いない。蔦屋重三郎という人物は、幕府から睨まれているだけあって、地本問屋でありながら、陰では何か凄いことをしているに違いない。お楽はそう察知していた。

お楽が、『金峰堂』の薬が気になるには訳がある。鮫吉が、八五郎に黙って、『金峰堂』と接触して、何やら怪しい動きをしていたことは、遊郭にいたときから感づいていたからだ。だが、興味本位で来てしまったがために、とんでもない事に巻き込まれてしまった。すこし後悔はしたものの、ここで死んだらそれまでの運命《さだめ》だと居直る強さもあった。

「どうせ、親に捨てられた身だ……女郎にさせられて嫌な男に身を汚されるくらいなら、ここで犬死にした方がマシってもんさ」

ひとり呟くと、お楽は覚悟を決めたように目を閉じた。吊り上げられたままで、体の痛みは全身に走っていた。

「そうか……可愛い顔をして、なかなかしぶといな……」

岩倉がさらに滑車で綱を引き上げると、完全に宙づりになってしまった。このままでは自分の体の重みで、お楽の腕はねじ上げられたように折れ、肩の骨も抜けるかもしれない。ミシミシと軋む音すらする。

そのとき——。

シュッと空を切る音がすると、脇差が飛来して滑車の綱を切り裂いた。同時、お楽は床にごろんと転がるように落ちて、ハッと見上げると、部屋の外の廊下に、総髪に眼帯、髭面の痩身の侍が立っている。陣羽織に野袴姿である。

「何奴だッ。どうやって、ここへ……」

岩倉が問いかけると、その侍は不敵の笑みを浮かべて、

「火盗改のくせに、取り締まる相手を間違っちゃいねえかい」

「なんだと……」

「そんな小娘に何ができるというのだ。あんたたちが探索をしてるのは、ずばり『金峰堂』の一件ではないのか」

「⁉──どうして、そのことを……」

「まあ、俺もおまえたちと〝同じ穴の狢《むじな》〟ということにしておこう」

片眼の侍が睨みつけると、岩倉はおもむろに槍を構えた。

「おっと……おまえさんのその腕、承知してるよ。鮫吉って、遊び人を突き殺したのも、その槍だ。滝沢馬琴なんかじゃねえ」

「貴様……誰だ……」

「だから言っただろう。同じ穴の……」

と侍が話している間に、お楽は身を屈めて廊下の方へ逃げ出した。途端、侍は襖を閉めて、ガッと楔《くさび》を突き立てた。

「さ、急げ……！」

侍はお楽の手枷を外してやると、手を握って掛け出した。

襖にはブスリと槍が突き出てきた。岩倉の奇声とともに、何度か突き抜かれたが、襖はすぐには外れず、動かなかった。

お楽は片眼で髭の侍に手を引かれるままに、裏庭に駆け出て、そこから塀に掛けられたままの縄梯子《はしご》を登って、その外に出た。後を追って、侍もひらりと飛び降りてくると、火盗改の屋敷から一目散に離れた。

「この先に岩場があって、小舟を待たせてある。船頭の名は芳松《よしまつ》という。その舟に乗って江戸に帰れ。よいな」

「でも……」

「でももへちまもねえ。この〝夢の島〟は、おまえが来るような所じゃない。急げ」

「あなたは一体……」

「名乗るほどの者ではない。さあ、行けッ」

押しやったとき、侍の左手の甲に痣があるのが見えた。いや、痣ではなく髑髏《どくろ》か何かの刺青《いれずみ》のようだった。

「!………」

お楽は一瞬、目を凝らして見たが、髭の侍は片手でそれを隠すようにして、強く押しやりながら、

「さあ、急げ。でないと、すぐに追っ手がくるであろう。今度捕まると相手は鬼の平蔵だ。問答無用で殺されるぞ」

と命じた。お楽は仕方なさそうに礼を言うと、そのまま駆け去った。

「どっちだ！　向こうだ！」

「あっちを探せ！　遠くには行っていないはずだ、探せ、探せえ！」

などと叫ぶ役人の声が聞こえる。

このままでは、お楽が見つかるかもしれないととっさに判断した片眼の侍は、わざと追っ手の捕方たちの前に姿を現して、

「探しているのは俺か」

と声をかけた。

「貴様あ！　覚悟せい！」

捕方たち数人が一斉に躍りかかったが、片眼の侍は素早く抜刀すると、目にも止まらぬ速さで、捕方たちの小手を打ちつけた。中には刃が深く入りすぎて、手首がだらりとなった者もいた。

「うぎゃあ！」

悲鳴を上げて、もんどり打って倒れ崩れる捕方たちに、

「済まぬな。悪く思うな」

片眼の侍は翻《ひるがえ》ると、お楽が行った方とは違う方へ駆けだして、掘っ立て小屋の陰に隠れた。そして、眼帯を取り、髭をべりべりと剝がし、陣羽織と野袴を脱ぎ捨てた。

その侍は——十返舎一九であった。

「まったく、あのおてんばめが……余計な手間がかかったじゃねえか」

四

日本橋本通りの自身番に顔を出した重三郎は、暢気そうに茶を飲んでいた北町奉行所の年番方《ねんばんかた》与力の長崎千恵蔵に、

「お暇そうで、いいですなあ」

と声をかけた。

年番方というのは最古参の与力であって、奉行所内の金銭出納《すいとう》から、様々なお役目やしきたりに精通しており、奉行の相談役であった。二、三年で入れ替わる奉行などというものは、大体が出世の階段の途中の腰掛けであるから、町政なんぞを本気で気にしている者もいる。ゆえに、実質、奉行所を運営しているのは、年番方与力たちであった。

だから、ほとんどは奉行所にいることが多いのだが、長崎は落ち着きなく、町場をちょろちょろと出歩いてばかりいた。

「ちょいと相談なんですがね」

「おいおい……俺の立場もある。こんな所で、おまえと仲よくしてるのを見られたら、上から何を言われるか分かったもんじゃない」

「おや、それこそ〝鳥越九郎庵〟らしからぬ言葉でございますな。今の町奉行所で、あなたより上がおりますか」

「お奉行がおる。北町の初鹿野河内守《はじかのかわちのかみ》は、南町の池田筑後守と違って、まあ町人には甘いとはいえ、俺が『蔦屋』に出入りしていることを知れば、ちとまずい」

「今日は狂歌の話ではありません。あくまでも、探索のお願いに参りました」

「そんなことは、定町廻り方に言え」

「私の言うことなんぞ、聞いてくれますものか。だからこそ、長崎様に……」

重三郎が縋るような声になると、長崎は天ぷら蕎麦でも食いに行こうと自身番を出た。それこそ一緒にいるところを見られたらマズいのではないかと重三郎が言うと、

「おまえが奢《おご》れば問題はない」

「はあ?」

「俺は、おまえを見張っている立場にある……ということにしておるのだ、表向きはな。だから、一緒にいてもおかしくはない」

「今さっき言ったことと、話が食い違いますが……まあ、いいでしょう。蕎麦くらい、賄《まいない》にはなりますまい」

重三郎は長崎を連れて、『坐房《ざぼう》』という蕎麦屋に入った。つなぎをまったく使わない蕎麦には腰と風味があって、透き通った上品な出しとサッパリとした天ぷらが実によく合うのだ。

小さな店だが、実は重三郎は〝閻魔連〟との密談場所としてもよく使っている。むろん、長崎は重三郎たちの裏の仕事のことは知らないが、

——何か善き事をやっている。

ことは薄々と感じていた。ゆえに、長崎も黙視していたのである。

「ほんと美味《うめ》えな……この小ぶりの海老とかき揚げ……たまんねえな……蕎麦の香りがふんわりしていて、いいな」

「それより長崎の旦那……お楽の話によれば、馬琴の奴、火盗改の役所に捕まったままなんですよ」

「火盗改の役所？」

「……人の話を聞いてました？　店に入ってから、ずっと私、話してましたよねえ」

「すまん。蕎麦のことが気になって、聞いてなかった」

「そうやって惚《とぼ》けて、私の頼みを無視する魂胆ですか。蕎麦代、そっちにつけますよ」

「まあ、待て。うまいものくらい、ゆっくり食わせろ」

呆れた重三郎だが、まあ長崎の思いも分かるから、ゆっくりと味わった後、ほうじ茶をすすりながら、

「旦那は、〝夢の島〟に火盗改の役所があることは存じてましたか」

「行ったことはないがな、噂には聞いたことがある」

「馬琴はそこに無実の罪で捕らえられております。もっとも、本当の下手人は、火盗改方の岩倉という与力で、長谷川様もそれを承知のことと思われます。何か別の狙いがあって、馬琴は囚われの身になっているのです」

「…………」

「おそらく、馬琴は馬琴で何か考えがあって、そこの牢内にいるのだと思います。でないと、あれほどの腕前の男が、簡単に捕らえられるとは思えませぬ」

楊枝をくわえてシーシーと口を鳴らしている長崎に、重三郎は前のめりになって、

「旦那……真面目に聞いてますか？」

「聞いてるよ」

「だったら……」

「そもそも、なぜ馬琴が〝夢の島〟なんぞに行ったのだ。あそこは無宿者なんかの吹きだまりだ。だから、長谷川様はあえて、あの場所に役所を作って、悪い奴を捕らえてるんだ……もっとも表向きは、島の支配者だのなんだのと、悪の巣窟のふりをしているがな」

「なんのために、そんなふりを」

「悪党を引き寄せるためだ。蛾《が》を誘う灯りのようなものだ」

「ですがね、旦那……表向きじゃなくて、本当に悪の巣窟かもしれませんぜ」

重三郎が声を低めると、長崎は楊枝を口元から放してポキンと折って、

「どういう意味だ」

「旦那も探索中の『金峰堂』の薬の一件ですよ……あれはね、『金峰堂』の主人・幾兵衛が、わざと病原をばらまいて、それに効く薬を高く売っている……町方でもそう踏んでいるんでしょ?」

「…………」

「その薬とやらが作られているのが、どうやら、〝夢の島〟にある火盗改の役所内かもしれないんですよ」

「なんだと？　どうして、そんなことが分かるのだ」

長崎は鋭い目つきに変わった。

「まだ確信をした訳ではありません。ですがね、八五郎の子分だった鮫吉の動き、馬琴が囚われたままだということ、お楽が垣間見た長谷川様や与力の岩倉の様子、そして……これまた島に行った一九からの伝言を預かった船頭によると、間違いはなかろうと思われます」

「つまり……長谷川様と『金峰堂』が結託をして、人の命に関わる流行り病を起こして、薬代で金儲けをしている……というわけか」

「それに長谷川様がどこまで関わっているかは分かりませぬ。ですが、悪い奴を捕えたり、必要な金を集めるためなら手段を選ばぬ長谷川様なら、さもありなん……です」

「めったなことを言うな」

「しかし……」

「言うな、蔦屋……それを面白可笑《おか》しく書いたりしたら、それこそ根も葉もない嘘をでっち上げたとして、お縄になるぞ」

「…………」

「長谷川様は凶悪な罪人を捕らえるだけではない。おまえのような口から出任せの輩も捕らえようと躍起なのだ」

「口から出任せとは、これまた酷い言い草ですな。私たちは刀ではなく、言葉や絵によって、世の中の矛盾を訴えているだけです。ねえ、旦那、たかが狂歌のような遊びですら、笑って見過ごせないお上なんざ、本当のお上と言えますかね」

「こら、黙らぬか」

「百姓をはじめ、下々《しもじも》の者から年貢を巻き上げ、公儀普請に狩り出し、自分たちはのうのうと暮らしながら、庶民には贅沢はならぬだの批判はならぬだのと厳しく取り締まって、ささやかな楽しみさえ奪う。これって一体、なんですか。神君家康公が、そんな窮屈でつまらない世の中にするために、幕府を作ったとは、到底、思えませんがね」

「いい加減にせんと……」

「松平定信様は、二言目《ふたことめ》には、家康公の名を出して、本来の世の中に戻すと言っているから、申しているのですッ」

「やめろ、やめろ！」

さすがに長崎の顔が紅潮してきた。いくら狂歌連の一員とは言っても、町奉行所の

重職にある者だから、限度を超えると自分の身が危ないと感じるのであろう。すこし、興奮気味に、

「その辺にしておけ、蔦屋。でないと、俺とて庇いきれぬぞ。町奉行所は北町だけではない。南町の池田様に責められたら、俺は手も足も出せぬ」

「では、長谷川様の方は如何なさいます。このまま放置しておくのですか」

「相手は四百石の旗本だ。たかが町方与力の俺に何をせいというのだ」

「……そうですか」

重三郎は深く溜息をついて、「もういいです」と小さく呟いた。

「なんだ……どういうことだ」

気にしている長崎に、重三郎はしみじみと語った。

「私どもの〝狂歌連〟は、別に暇潰しにやっているのではありませんよ。真剣に、世の中をすこしでもよくするために、狂歌の形を借りて集っているのです。本音《ほんね》で語っているのです。御政道に限らず、人の生き方だろうが、商売のありかただろうが、批判をするという心構えが人々からなくなったら、世の中おしまいだ。真っ暗だ」

「…………」

「長崎の旦那は、その地位にありながら、すこしは骨のある人かと思ってやしたが、

私の誤解でした……長い物には巻かれろ。そいでもって、悪いことを見て見ぬふりをするってことですね……ええ、よく分かりました。ええ、大丈夫です。旦那には一切、迷惑はおかけしませんから、どうぞ、ご心配なく」

さっと立ちあがった重三郎は、蕎麦屋の主人に、

「勘定を頼まあ。けど、あの旦那とは別にしといてくれ。ああ、いいんだ、いいんだ。俺の財布には人でなしに奢る金は入ってねえんだ。ああ、いいんだ、いいんだ」

と聞こえよがしに声をかけながら、出て行った。

「——まったく……」

長崎も溜息をつくと、残っている汁をずずっと飲み干した。

五

その夜、柳橋にある船宿『めなみ』の船着場から、一艘の屋形船が離岸し、隅田川へと流れていった。

秋月でも愛《め》でながら、美味い酒でも飲みたいというところだろうが、船室にいたふたりの男は、苦虫を潰して、酒には口をつけていなかった。ひとりは『金峰堂』の主

人である幾兵衛で、下座で眉間に皺を寄せているのは、火盗改与力の小田島八十兵衛であった。商人の幾兵衛の方が上座であることが、まったく不自然でない雰囲気だった。

船底に打ちつける波音だけが静かに聞こえている。ふたりとも左右に揺れながら、言葉も交わさず、しばらく押し黙っていた。

しだいに海風を受けて、船体の揺れが大きくなってきて、舳先《へさき》が波にぶつかる音も激しくなってきた。食膳の銚子がころりと転がって、酒が幾兵衛の膝に零《こぼ》れた。

とっさに小田島が前に進み出て、幾兵衛の膝を手拭いで拭こうとしたが、

「余計なことはしなくて結構です」

「いや、しかし……」

さらに手拭いを出そうとする小田島に、ギラリと幾兵衛は鋭い目を向けて、銚子を自分で食膳に戻した。

「そうではありません。蔦屋のことですよ」

「蔦屋の……」

「滝沢馬琴が何やら〝夢の島〟で探っている節があるとのことですが、殺したりしたら、余計、厄介ではありませんか？」

「あの島でのことなら、どんなことでも長谷川様が揉み消せる。仲町の八五郎のせいにして、奴を獄門送りにしてもよい。おまえ様が案ずることではないと思うが」

「長谷川様がそうした方がよいとでも？」

「そういうわけではないが、災いの芽は小さなうちに摘んでいた方がよいからな」

「小さな芽を摘んだつもりが、大きな難事に変わることもありますぞ。馬琴は売り出し中の戯作者ですしな、山東京伝の弟子だし、蔦屋の番頭格でもある。それが〝夢の島〟で死んだとなると、蔦屋は黙っておらないでしょう」

「黙らせればよい」

「京伝も馬琴も、そして、一九も……不思議なことに、蔦屋を慕っているのは武家ですぞ。いくら火盗改が町人同様に武士を斬り捨て御免にできるといっても、事が大きくなれば面倒ではありませぬか」

「――おまえ様は、どうして、そこまで蔦屋を怖がっておる」

「別に怖がってはおりませぬ」

「そう見えるがな」

小田島がすこし苛《いら》ついたような声になると、幾兵衛はまた目を細めて、

「どうやら、長谷川様もあなたも、蔦屋の本当の姿を知らないようですな」

「本当の姿？」

「ええ。蔦屋重三郎という男は、吉原で生まれて、吉原で育ち、日本橋に店を出した今でも、吉原とは深く通じておるのですぞ」

「だから、なんだ……」

「これは火盗改与力とも思えぬ言葉ですな」

　小馬鹿にしたように幾兵衛が見やると、小田島は揺れて倒れそうな銚子を手にして、ぐいっと口飲みをした。

「言うまでもなく、吉原というところは、町奉行も火盗改も、いや老中若年寄であろうとも踏み込めぬ〝結界〟でございます。それゆえ、将軍家に逆らった咎人でも逃げ込めば、容易に捕縛できないこと、小田島様も承知しておるでしょう」

「まあ、吉原が世間とかけ離れているということは、承知しておる」

　吉原遊郭は元々、江戸城に近い日本橋葺屋町《ふきやちょう》にあったが、明暦《めいれき》の大火で焼失をしたから、浅草の田んぼに移されたのだ。ゆえに、本当は新吉原と呼ばれている。

　天正《てんしょう》年間、徳川家康が江戸に入府してから、武士の町になり、諸藩の家臣団も増え、江戸の町造りのために関八州からの人足なども増えたことから、あちこちに遊女屋が増えてしまった。

それを取りまとめようと、慶長《けいちょう》年間に庄司甚右衛門が陳情したのだ。この男、そもそも駿府《すんぷ》城下で、家康公認の遊郭を営んでいた者である。実は、家康に連れて来られていて、〝結界〟を造ることを命じられていたのだ。つまり、将軍以外のなんの権力も及ばぬ場所を置いておくということである。

当初、「客は連泊させない」「騙されて売られてきた娘は親元に返す」「咎人は届け出る」などという条件のもとに作られたが、それは今も守られている。遊郭としての秩序を守ることで、悪い膿を溜めないためだ。

駿府でも、城のすぐ目の前に遊郭地が置かれていた。それは、単なる遊女のいる場所ではなく、伊賀者や甲賀者などの忍びを潜ませておいて、余所者《よそもの》を調べたり、城を密かに守る役目があったからだ。

もっとも、天下泰平の世の中には、そのようなものは不要になったから、城から離れた浅草の田んぼの中に造られたのだ。が、江戸を守るための秘密の組織があることは、あまり知られていない。庄司家はまさに、その頭領家を受け継いでいるのだが、重三郎が養子に入った蔦屋もまた、吉原の本来の役割に深く関わっていたのだ。

「つまりは、吉原は上様しか、本当の役目を知らないのです……そんな男を簡単に葬ることができるとお思いですか、小田島さん」

「ま、待て、金峰堂……」

　小田島はごくりと生唾を飲み込んで、

「では、おまえ様は、蔦屋重三郎という奴は、上様のお墨付きで動いているというのか。御政道批判も、上様が承知で……」

「そのようなことは申しておりません。むしろ逆ですな」

「逆……？」

「吉原にはかつて、幕閣など重職を見張る役目がありました。老中若年寄とはいえ、所詮は諸国の大名、いつなんどき将軍家を裏切るやもしれませんからな、そのお目付役だった……はず」

「はず……？」

「それが、いつしか幕府自体に、上様が為す御政道についても批判をするようになったのですな……しかし、それは世の中をよくするための〝進言〟であるわけです」

「…………」

「しかも、世を乱す者は、密かに始末してよいという〝権限〟もあった」

「その役目を、蔦屋が……」

「まあ、そういうことですな。しかし、それは昔の話。この天下泰平の世の中で、しかも本来ならば、将軍になったかもしれない御身の松平定信様が老中首座であるのですからな、蔦屋の役目など終わっていましょう」

「なるほど……だから、松平様は、蔦屋を目の敵《かたき》にしているのか……ただの地本問屋とは思わなかったが、そういうことか……」

小田島は改めて、蔦屋の不気味さを知ったが、幾兵衛がなぜそこまで知っているのかの方が気になった。

「おぬしもまた、〝結界〟に暮らしていたということか」

「踏み入れてはならぬ所は、吉原に限りませぬからな。ま、蛇の道は蛇、とでも答えておきましょう」

「まあいい……あなた様のことは、長谷川様でも一目《いちもく》置いている。俺が詮索したところで、何も分かるまい」

妙に納得した小田島は、湯にチロリで燗酒にしているものを、今度は杯にきちんと注いで飲み、幾兵衛にも差し出した。が、

「いえ、私は結構……」

と断った。あまり酒が好きではないし、船酔いもしてきたからだ。

「さようか。ならば手酌でやる」

ぐいっとやりながら、小田島は続けて、

「江戸市中にばらまく培養した菌は、南蛮渡りの危ないものだから、〝夢の島〟で作っておるが、下手《へた》をすれば、死に至ることもあるのであろう？」

「まだ七人しか死んでおりませぬ」

「軽く言うものだな」

「それだけ死ねば、人は恐怖に感じるものです。それで、うちだけにある薬が効くとなれば、病に罹ったと思う者は、ありったけの金を出そうとするから、どんどん値が上がる」

「…………」

「中には、密かに千両、二千両も出すバカもおります。事実、今、さる大店の主人が、病に喘いでいるから、買い求めにきてます」

「売ったのか」

「もちろんです。でも、公には、その値は言いませんよ。そんなことをしたら、世間から後ろ指さされますからね。薬種問屋として、心がけがなっとらん、人でなしとね」

「たしかに、人でなしだ」

「でも、それで本当に命が助かるのだから、よいではないですか」

「しかし、金峰堂……この自作自演のカラクリがいつまでもバレぬと思うてたら甘いぞ。そろそろ幕引きではないか」

小田島がぐいっと酒をあおると、

「もちろんでございます。今、培養しているものを最後にしましょう。たまさか死んだら仕方がないが、効き目の薄いものばかりで結構。人々はそれでも恐怖のどん底に落ち込みますからな……症状の軽い者には、砂糖水でも与えればいい。二、三日で元に戻ります。重篤な者には、本物の薬を渡しますが、これは裏での取り引きしだいですな、はは」

「恐ろしい奴よのう」

「何をおっしゃる。元々は、長谷川様のお考えですぞ。何か、手っ取り早く儲けられることはないか、とね……しかし、これ以上、やれば、町医者だってバカではないから気づくに違いない。流行り病がいつの間にか消えたように、潮時としましょう」

幾兵衛はそう言ったものの、なんとなく不安は拭えなかった。常に誰かに見張られていた節があるからである。

「そろそろ、戻りますか……船頭さんや」

と声をかけたが、返事がない。

「おい、船頭」

今度は、小田島が障子戸を開けて艫《とも》を見やると、アッと目を凝らした。船頭はその場に眠っており、屋形船は船杭に繋がれたまま、停まっていたのである。

「動いていなかったのか……どういうことだ……」

戸惑っている小田島の姿を見て、船縁から遠くを見やった幾兵衛は、小舟が一艘、闇の中を遠ざかっているのに目が止まった。

「どうやら、私たちの話を聞かれたようですな……困りましたな」

そう言いながらも、幾兵衛は次の一手を考えているようであった。

六

その夜、『蔦屋』の表戸が激しく叩かれた。

まんじりともせずにいた重三郎が潜り戸を開けると、京伝が血相を変えて飛び込んできた。そして、今し方、聞いてきたばかりの小田島と幾兵衛の屋形船での話を、手短かに話した。小舟で屋形船に近づいて、船頭に当て身をして、ふたりの密談に耳をそばだてていたのは、京伝だったのである。

「――酷えことをしやがるな、長谷川ってぇ火盗改は。まさに鬼、人でなしだぜ……」

この話だけでは信じられなかったかもしれないが、蔦屋は一九からの伝言やお楽の話からも、〝夢の島〟で菌が作られていると察していたから、すとんと腑に落ちた。

「この話を町奉行にしたところで、あの島には手を出せない。もしかしたら、長崎さんも、それを承知していたから、すっ惚けていたのかもしれないな」

と重三郎が言ったとき、

「誰がすっ惚けてるって？　聞き捨てならねえな」

懐手で顎を撫でながら、長崎がぶらりと入って来た。

「なに、手代の諭吉が入れてくれたんだよ。そんな盗人でも見たような顔するねえ」

「旦那……そんなワルぶった格好は似合いませんぜ。笑いが出ますよ」

「ふざけるな」

長崎はふたりの前に座り込むと、

「蔦屋、あんたの話を聞いて、俺も少々、調べてみたが、たしかに長谷川様と『金峰堂』の主人幾兵衛が繋がっている節はある」

「それは、この私がもう……」

調べてきたと京伝がもう一度、屋形船の一件を話すと、長崎はさもありなんと頷いてから、声をひそめた。

「だが、幾兵衛が何者かってことまでは分かるまい」

「知っているのですか」

と蔦屋が前のめりになるのへ、長崎は小さく頷いた。

「まだハッキリしたわけではないがな、この幾兵衛という男、薬種問屋の修行をしていたなんてのは怪しいものでな、三年程前に上州で長谷川様に捕まった盗賊の一味だったかもしれないのだ」

「ま、まさか……！」

さすがに蔦屋も京伝も驚いた。火盗改と盗賊が繋がっていれば、まったくこの世は闇であろう。たしかに、長谷川の評判は世間だけではなく、幕閣の間でも悪いが、まさか盗賊とつるんでいることはありえまい。

「自分の手下を盗賊の仲間として潜り込ませて、その手口を探って捕縛するということは聞いたことがありますがねぇ」

首を傾げる重三郎に、長崎は苦笑して、

「甘いねえ。事実、今も悪さの片棒を担いでる。いや、阿漕なことをやっているのは、長谷川様の方だ」

「だったら旦那……とっちめてやろうじゃありませんか」

「長谷川様をかい」

「そりゃそうですよ。大将を撃ち落としたら、後はずるずると引っこ抜けるんじゃありませんか？　それに、お上が悪いことをしていたとなりゃ、うちとしても、お上の批判をしやすくなるってもんだ」

「おい、蔦屋……そんなことをしても、へこたれるような松平様じゃないぞ」

「てやんでえ！　こちとら江戸っ子だ。吉原の水道《すいと》で産湯を使ったンだ。老中が恐くて地本が出せるかってンだ。でも、誤解しないで下せえよ。私は別に松平様が嫌いなわけじゃない。田沼様なんぞより、よほど綺麗な政事をしてくれるって、腹の底から大期待をしてたんだ。しかしだな、賄は取らないかもしれないけど、やってることは大して変わらない。相変わらずの増税だ。かといって、困った人ンところに金が渡ったって話は聞いたこともねえやな。それだったら、多少の悪いことをしてたとしても、町人を自由にさせてた田沼様の方がましってことですよ」

興奮気味に話す重三郎に、京伝の方がたしなめるように、

「まあまあ、それはまた話すとして、どうやって始末するかですよ」

と言うと、長崎にも厳しい目を向けた。

「旦那も首を突っ込むのなら、俺たちの本当のことを知って貰わねばなりませぬ」

「本当のこと……？」

「同じ〝狂歌連〟の仲間とはいえ、みながみな承知しているわけではない。裏の仲間……つまり〝閻魔連〟てのは数が増えれば、それだけ秘密が漏れやすいから、限られた者だけでやっているんですよ」

「なんだそりゃ……」

「またまた惚けちゃって、本当は長崎の旦那も感づいているんでしょ？　俺たち『蔦屋』の面々が、恋川春町さんの意趣返しのつもりで、世の中の掃除をしてるってことを」

「…………」

「悪い奴……特に権力や権威を笠に着ている奴らは、どうでも許せないんだよ。長崎の旦那は、そっち側にいながら、常に俺たちと同じ考えや感じ方で生きている。違いますか。だから、〝狂歌連〟に足繁く来てる」

「まあ、そうだが……」

曖昧に返事をする長崎に、京伝は『蔦屋』が本来、吉原で担っていた役目を話して聞かせた。むろん、重三郎が承知の上でである。驚きは、屋形船で初めて耳にした小田島どころではなかった。

「——なるほど……で、俺を引きずり込もうって魂胆かい」

「魂胆てのは悪いことをすることだ。俺たちは〝善き事〟をするんですぜ」

「善し悪しは人の考えや立場で変わってくるもんだ」

「そんな理屈はいらねえよ。じゃあ、訊くが、長谷川や『金峰堂』がやっていることは、いいことかい、悪いことかい」

「…………」

「考えるまでもないだろう。法で裁けるならば、裁いてくれ……それができなきゃ、俺たちが閻魔様に代わって、地獄に落としてやるまでなんだよ」

毅然と言う京伝に、長崎は圧倒されていた。

「どうです。町方与力のあなたが、火盗改の悪事を暴けますか」

「それは、できぬな……」

長崎は首を振った。

「誤解するな。奴らの悪事を闇に葬るということではない。奉行所で扱うとなれば、それなりの証拠がいるし、評定所に……」

「前にも同じようなことを聞いた気がする。要するにあんたは、やはり俺たちとは違う。覚悟がねえってことだ。所詮は、お役人だってことだ」

「さよう。俺は役人だ。町方与力を辞める気もない。刀を捨てるつもりもない」

野太い声になって本音を言って、長崎は重三郎に目をやった。

「だが、おまえたちのいう〝お上〟が何もかも正しいとも思っておらぬ。いや、むしろ間違いだらけかもしれぬ。それでも、町人や百姓は文句も言わず生きている。犬や猫のように、与えられた境遇を与えられたままに生きている。俺はそれが本当の強さだと思う」

「逆らうな、と言いたいのですかな」

重三郎が聞き返すと、長崎は違うと言って、

「俺は〝狂歌連〟とは今までどおりつきあうが、おまえたちの〝閻魔連〟に入るつもりはさらさらない」

「話を聞いたからには……」

京伝がすっと刀を膝の前に引いた。重三郎がそれを止めると、長崎は真顔で、

「閻魔の使いになるつもりはないが……俺がここに来たのは、役人が悪事に関わって

いることが断固、許せぬからだ。此度《こたび》に限って、おまえたちに荷担しようじゃないか」

「…………」

「町奉行所ってところは、意外と多くのネタを抱えているもんなんだぜ。特に、前科のある者とか、裏渡世との繋がりのある連中とか、役人同士の関わりとかな。それを利用すればよい」

「本気か……」

問いかけたのは京伝だが、長崎は重三郎に向かって言った。

「長いつきあいじゃないか。立場がどうであれ、お互いの気性や気心は分かっているはずだ。町方の俺が、『蔦屋』と深い関わりが誤解されると、厄介なことになるからな。あまり踏み込まぬように、遠慮しているだけだ」

重三郎を改めて見つめる長崎は、

「余計なことに首を突っ込んでばかりのおまえは、お上に睨まれるのがさだめだ」

と冷静に言った。重三郎もそれを受けて、淡々と言い返した。

「私たちは、公儀が何もせぬからやっているんじゃないか。町奉行所がそういうつもりなら、こっちにも考えがある。構わねえよ、この身がどうなろうとな」

「どういう意味だ……」

「この際、私が直《じか》に長谷川様にお目にかかるまで」

「あんたも気が短いな。ちょっと待て……『金峰堂』の素性だって……」

「いや、待てねえ。これ以上、人が死ぬのを見てられねえんだよ」

啖呵《たんか》を切るように重三郎は言って、長崎を睨みつけた。

「おいおい……」

長崎は半ば呆れたように溜息をついたが、

――まったく、しょうがねえなあ。

と声を洩らしていた。

七

町中では、謎の病気が広がっているままであった。

そんな中で、町医者の敏庵は懸命に罹患した病人を助けたり、身元の分からぬ旅人を小石川養生所まで運んだり、疲弊している老人を看取ったり、産婆を引き連れて妊婦を看たりしていた。赤ん坊は生む時を選ばない。それゆえ、母親には病原菌が感染しないように気を配っていた。

「せ、先生……私も罹ってしまったんでしょうかね……恐ろしい流行り病に……」

ある商家の嫁が不安そうに、敏庵に訴えたが、解熱剤を飲まし、滋養のつく薬草粥を飲ませるしかなかった。すると、店の主人が外から戻ってくると、

「これを飲んでみなさい……『金峰堂』さんから譲っていただいたのです」

と差し出した。

「さあ、おみよ。これで、すぐに治るよ」

頓服剤を飲ませようとすると、敏庵はそれを止めて、

「ちょっと待って下さい。それは一体、なんですか。『金峰堂』さんから買ったと言いましたが、なんの薬です？」

「決まっているじゃないですか。〝万能丸〟ですよ。南蛮渡りのこの薬を飲めば、今、流行っているこの病が、たちどころに治るんです。ですから……」

「お嫁さんはただの軽い風邪です。間もなく臨月という頃ですから、体に疲れが出て、少し具合が悪くなっただけですから」

「でも、敏庵先生……」

「流行り病は、吐き気や下痢を繰り返して、目が眩《くら》みます。たしかに微熱は出ますが、

症状が違う。心配するに及びません。それに、どのような薬か分からないものを、飲ませては却《かえ》って危ない。おみよさんにも、お腹の赤ちゃんにもね」

「そんな……私は十両も出して買ってきたのですよ。このひと袋のために」

「十両――!?」

馬鹿げた話だと、敏庵は腹立たしく言って、

「『金峰堂』が出せと言ったのですか、そんな大金を」

「だって、数が少なくなったから、人によってはもっと金を出すと……命が大事ですからね。金に糸目はつけられません。それに、これを飲んでおけば、万が一、病が流行っても罹ることはないと言われました」

「医者でもない者に、そんなことが分かるはずがない」

噂には聞いていた。庶民には手にできない高価な薬だが、命には換えられないと、金持ちは買い占めようとし、庶民はなけなしの金で買い求めていた。

「私はね、流行り病の症状ならば、あの『蔦屋』の手代をはじめとして、何人もの罹患した者を診てきたが、お嫁さんは違う」

「そ、そうなんですか……」

「そもそも、なぜ『金峰堂』だけが、この流行り病を治す薬を持っているのか、不思

議ではありませんか？　日本橋にはズラリと名だたる薬種問屋があるが、みなお手上げだ」

「たしかに……」

「ですが、概《おおむ》ね私たち医者は気づいております」

「何をです……」

「流行り病をうまく逆手に取って、商売をしているか。さもなくば……」

「なんでしょう」

　主人は不安がったが、あまり余計なことを言っても患者を混乱させるだけだ。敏庵は嫁は風邪に過ぎないと断じて、

「この薬、私に譲って貰っていいですかね」

「そんなことを言って、先生……」

　横取りするのではないかと主人は疑った。それほどまで、世の中には不安が蔓延しているのである。

　――なんだが、妙だな。

　と前々から思っていた敏庵は、なんとか説得して、薬を受け取って、すこしだけ舐めてみた。すると、一瞬にして、敏庵の目の色が変わった。そして、ガハハと大笑い

になって、止まらなくなった。

「せ、先生……？」

不安そうになる主人と妊婦の嫁に、

「何が〝万能丸〟なものか……これは、ただの砂糖だ」

「さ、砂糖⁉」

「たしかに、これを渡されたのですな」

「は、はい……」

「十両を取り返してあげるから、預けてくれますな」

きょとんとしている主人に礼を言って、敏庵はその足で、『蔦屋』に駆けつけた。

そして、十両で買った薬の事情を述べると、重三郎は苦笑して、

「とうとう砂糖まで出したか」

すでに知っていたかのように話した。

「実はね、敏庵先生……私の方でも、歌麿さんが駆けずり廻って、蘭方医にも頼んで調べていたんですよ」

「まさか、砂糖……」

「砂糖では治りませんでしょう。事実、中には治った者もいますからね」

「なんだったのです」

「どうやら、茸の毒のようですな。神経に触って手足が震えることもあります」

「なるほどな」

敏庵にはすぐに分かったようだった。

「流行り病は、ふつう病原菌が伝染して起こるものだが、今般は胃腸や肺臓も痛む患者が多かった。症状は似ているけれど、神経を患わせる毒に、流行り病の薬が効くのは妙ですなあ。ということは……『金峰堂』はそうと知っていて売っていた」

「ええ。これは大きな証拠になります。先生、改めて調べてくれますか。その砂糖も、許せることではありますまい」

「分かった」

敏庵は、『蔦屋』から地本とは別に、今般の流行り病と『金峰堂』の薬の一連の疑惑について、瓦版ばりに出すつもりである。そのために、その日から、流行り病が発生した長屋の井戸水を調べたり、町々の側溝などから、汚水を集めたりして地道に調べてみると、どうやら、ヒマの実から抽出された即効性のある猛毒ではないかと判明した。つまり、偽の流行り病だったのである。

『蔦屋』は夜を徹して、衝撃的な事実を掲載した薄い本を出して、店先の軒に下げるのはもとより、手代や丁稚があちこちの辻に立って売り歩き、『金峰堂』の悪事を暴き立てたのである。

その本によって、いよいよ町奉行所は腰を上げて探索をするのかと思いきや、『金峰堂』が取り調べられた様子はなく、突然、

――北町奉行の初鹿野河内守が、今般の流行り病で亡くなった。

という高札が掲げられた。

三年前に浦賀奉行から、北町奉行に抜擢された初鹿野は謹厳実直で通っており、それ以前から有能な官吏として評判が高かった。しかし、松平定信の体制のもとでは、あまりその力を発揮できないでいた。というのは、初鹿野は江戸町人に対して、厳しい弾圧はしなかったからである。

そのことから、松平定信から何度か、地本問屋の数を減らすようにとの下達もされていたが、よほど目に余ることでもしない限り、大目に見ていた。その代わり、お上に楯突くような本は表に出さないようにして、店の奥で売るように指導したりしていた。

今般、『蔦屋』が出した『金峰堂』の〝暴露本〟については、重三郎は事前に、

――このような本を出す。

と密かに初鹿野に報せていた。というのは、初鹿野自身が率いる北町奉行所では、流行り病についても、おかしなところがあると調べていたからである。

いわば、偽の流行り病の真相を広めるための頼みの綱のひとつだったが、突然の死によって途絶えてしまった。しかし、南町奉行の池田筑後守は、動かないどころか、

「事実無根の作り話で、世間を騒がせ、却って混乱に陥れたるは許されぬこと」

と断じて、発刊の停止を強制してきたのである。

南町奉行所の同心たちを目の前にして、重三郎は憤りを覚えていたが、反論をしたところで、御用を邪魔したとして捕らえられるのがオチであろう。

——もしかしたら、北町奉行を消すほどの強い力が働いたのかもしれない。

という思いが、重三郎の脳裏に去来した。

それが松平定信なのか、長谷川平蔵なのか、それとも別の誰かなのか分からない。ただ、本来の『蔦屋』の〝使命〟を知っていて、潰しにかかっている奴のせいであることは違いあるまい。重三郎はそう思った。

八

その頃、長崎もまた、夢の島に来ていた。もちろん町方同心の姿などはしていない。浪人の格好である。でないと、殺されてもやむを得まい。

馬琴や一九が見たのと同じ、潮風ばかりがきつい岩場や砂利、掘っ立て小屋のような安普請の長屋があるだけの殺風景な塵芥の島を眺めて、長崎は啞然としていた。

しかも、得体の知れない一癖も二癖もありそうな渡世人や無宿者たちが、あちこちで怒声を浴びせながら喧嘩をしたり、下手をすれば殺し合いになったりして、まさに生き地獄であった。

町ともいえない集落の一角では、賭場や遊女屋もあって、それなりに賑わっている。

不思議なのは、

——どうやって食っているか。

であった。

様子を探っていると、小舟が横付けできる場所があり、まるで賑やかな江戸の河岸のように次々と荷揚げされ、近くの小屋に運ばれていた。無法の町ではあるが、その一角だけは、秩序正しく、人足が働いていた。

——物は豊かにある。この裏には誰かいて、援助している者がいるということだ。

長崎はそう思いながら、〝夢の島〟の支配役である火盗改の屋敷に、まっすぐに向かった。長谷川が直に操っているに違いないからである。

朱門の屋敷に向かうと、さすがに長崎も驚いた。思っていたより立派な屋敷だったからである。門前に立つと、案の定、岩倉が手下を引き連れて立っていた。

——覚えがある顔だ。

と長崎は思ったが、自分が変装している上は素知らぬ顔で、

「ご覧のとおり、流れ者でございます。主君を裏切って逃げている身ではありますが、どうか助けてやって下さいまし」

下手《したて》に出て、長谷川との面接を請うた。この島の噂を聞いて、ここで生きていく覚悟で来たのだという。

「主君殺しか……」

「いえ。殺してはおりませぬ。不正を暴こうとしたら、こっちが消されそうになりました。悪いのは主君の方でございます」

「正義面しやがって……そういう奴は、長谷川様は一番嫌いなのだ」

勿体つける岩倉に、長崎は急に乱暴な口調になって、

「四の五の言わず、さっさと取り次げ。でないと……この火盗改の屋敷で行われていることを、すべてバラすぞ」

「なに⁉」

「さっさと、その門を通せ！」

激しい態度に変貌した長崎に、一瞬、岩倉は驚いたが、

「よかろう……中へ入れ」

と朱門の中へ引き入れた途端、門扉《もんぴ》を閉じて、あっという間に取り囲んだ。そして、間髪《かんはつ》入れず、手下たちが長崎に斬りかかった。鋭く刀を抜き払ってかわした長崎は、

「隠すより現れろ、か……やはり、貴様ら、『金峰堂』と組んで悪いことをしてやがるな。長谷川を出せい！」

凄んだが、岩倉はブンと鋭く槍を振り廻して、問答無用で突きかかってきた。長崎もふだんは腑抜けた態度であるが、なかなか剣捌きが鋭いし、腕っ節は強い。岩倉の攻撃を躱しながら、子分たちを斬り倒した。すると、用心棒ふうの浪人たちが、さらに数人、加勢してきて、激しく剣を打ち込んできた。

必死に受け止めていたが、多勢に無勢。万事休す——に陥ったとき、攻撃してきた

浪人の中のひとりが、いきなり味方を斬り倒した。そして、驚いて振り返った岩倉の腕を斬った。

「なんだ、貴様！」

槍を持ち直そうとしたが、それを弾き飛ばして、浪人は岩倉の喉元に切っ先をつきつけて鋭く言った。

「この辺りにしておきましょう。さあ、『金峰堂』が流行り病に効くと偽っている薬、何処で作っているか案内して貰いましょうか。ねえ、岩倉様」

そう言って脅している浪人をまじまじと見て、

——一九ではないか。

と長崎は思ったが黙っていた。相手も長崎と気づきながら、素知らぬ顔をしているからだ。一九は、岩倉の喉元に切っ先を突きつけながら、薬を作っている小屋に案内させた。

岩倉は本堂のような屋敷を横手に抜けて、長谷川がいる裏手の方に廻った。さらに海辺に近づいた所に、黒塀に囲まれた一角があったが、そこへ向かった。

「あれが、そうか……」

一九が訊くと、岩倉は小さく頷いて、

「さよう……おまえたちは何者だ。こんな真似をして只で済むと……」

「只で済むと思うなよとは、こっちのせりふだ」

「………」

「酷いことを考えるもんだな。どうすれば、そのような恐ろしいことができるんだ」

一瞬でも動けば、すぐに斬るという構えで、一九は岩倉に刀を突きつけて訊いた。

何も答えない岩倉に、長崎が言った。

「北町奉行の初鹿野様が死んだが、それもおまえたちの仕業か」

「………」

「長谷川様の命令なのかッ」

「知らん」

「この島には、かなりの物資が来ている。どうせ『金峰堂』の援助があるのだろうが、こうして、ならず者や浪人者、渡世人から無宿者などを集めているのはなぜだ」

「………」

「徒党を組ませて、江戸で大暴れをさせるつもりか」

「――下らぬ……」

岩倉がそう呟くと、長崎はいきなり鳩尾《みぞおち》に拳を打ち込んで、

「役人のくせになんだ、貴様はッ」

と怒鳴った。岩倉は崩れた体で、鋭く長崎を見やった。

「――どうやら、おまえも悲しき宮仕えをしているようだな」

そして、一九をも睨み上げ、

「おまえも仲間というわけか……だったら、よく聞け……この〝夢の島〟は、江戸を守るために、長谷川様が造ったものだ」

「どういうことだ」

「石川島の人足寄場で、罪人を更正させるなどと言っておるが、そんなことは土台無理な話。悪い奴らが次々と増えていくばかりよ。仕方があるまい。人という生き物は、生まれながらにして悪いことをする」

「…………」

「運よく人並みに暮らせて、善い人間になれればよいが……善い人間とて、欲を出して悪さに手を染める。バレなければ悪さをするのが、人間というものだ」

「穿った見方だな」

「それが真実だ。大概の人間は、それを抑えているだけ。いや、抑えていられるのが幸運なのだ。ましてや、一度、悪事に手を染めた輩は、野放しにしては危ない。悪さをしたいと必死に抑えている人間をも、悪い芽があることに気づかせてしまう」

「………」

「だから、この島に閉じこめて、生涯出られぬようにしようと企てたのだ」

当然のように話す岩倉を、一九も長崎も頭がおかしくなったのではないかと思った。

だが、岩倉は淡々と続けた。

「この島に賭場を作り、遊女屋を作り、美味いものをたらふく食わせ、好きなことをして過ごさせる。そしたら、他人様《ひとさま》の金や物を奪ったり、罪のない人を殺したり、か弱い女を犯したりするまい」

「………」

「それが悪いことか」

岩倉は自信に満ちた顔になった。

「ならば、なぜ『金峰堂』と組んで、あのような悪さを……知らぬとは言わさぬぞ」

「知らぬ」

「自分たちの悪事は棚上げか」

「悪事ではない。この島の維持のために、どうしても必要だったのだ。莫大な金がな。でなければ、一体、誰が悪党を閉じこめておくのだ」

「お上の仕事だ」

「ふん。バカを言うな。町奉行であれ、火盗改であれ、俺たちは、罪を犯した奴しか処罰することができぬのだ。悪さをするであろう奴を予《あらかじ》め、この島に閉じこめておくのが、長谷川様の考えだ」

当然のように答えた岩倉に、長崎は詰め寄った。

「だからといって、なんの関わりもない江戸の民を陥れるような真似をしてよいのか。事実、人が死んだのだ」

「大多数の平穏が訪れるのだから、多少の犠牲はやむを得まい。それとも、おまえたちは、ひとりひとりの命が大切だ、などと青臭いことを言うつもりか。長谷川様は火盗改の頭であるゆえな、多くの人々の平穏のために、この無法の島を自ら営んでおるのだ。悪い奴がここにいる限り、人々は安穏と暮らすことができる。それが分からぬのかッ」

「――分からぬな、このバカタレが」

一九が横から口を挟んだ。そして、バサッと岩倉の髷を切り落として、

「まずは、おまえが坊主にでもなれ。説教はそれからだ。火盗改の与力でありながら、人殺しに荷担したのは事実だからな」

「なに!?」

「たった今、自分で話したばかりではないか。その前に、証拠の薬を……」

と一九が言った途端、目の前にある黒塀がドカンと激しい音を立てて、猛烈な炎が天に伸びた。灰色の煙が広がり、一瞬にして、空を覆い尽くす程に広がった。

「な、何をした!?」

長崎が悲痛な声を上げると、髷を切られて落ち武者のような髪になった岩倉は、一九を押しやると立ち上る炎の方へ向かって、

「俺は何も知らぬ……長谷川様も何も知らぬ……なんだ、その『金峰堂』というのは……アハハハ……証拠がどこにある。俺たちは、悪党を閉じこめようとしただけだ……それが気に入らぬなら、何処へなりと連れて行け……江戸中、悪党だらけにするがいい！」

と目をカッと見開いて、亡霊のように両手を突き出して、まだ爆発の続いている黒塀があった方へ歩き出した。

炎が火だるまになって、一瞬にして、岩倉を包み込んだ。

その向こうから——。

真っ黒な煤《すす》を全身に浴びながら、よたよたと歩いてくる馬琴の姿が浮かび上がった。

「おう、無事だったか、馬琴さん！」

一九が声をかけると、

「無事じゃねえよ、見りゃ分かるだろうが……」

と言いながら前のめりに倒れたが、その手にはしっかりと、何か分からぬが紙包みが握られていた。

九

江戸城本丸にある松平定信が執務をしている部屋には、南町奉行の池田筑後守と火盗改の長谷川平蔵が控えていた。町奉行と火盗改では、同じ旗本でも身分が違う。役職の立場も違う。文官と武官の差もあるが、町奉行の方が格段に高級な旗本がなる。

だが、昨今、江戸を含めて、関八州で繰り返し起こっている押し込みや付け火などの凶悪犯に関しては、火盗改がいなければ片づかない事件も多い。

しかし、池田は大身の旗本である誇りがあるのか、何処か得体の知れない雰囲気の長谷川が好きにはなれなかった。

「『蔦屋』の一件ですが、一度、出した本を引っ込めようとしても、すでに人手に渡っているものもありますゆえ、町人たちの口を封じるのは難しいと存じます」

池田が申し述べると、松平定信はその聡明そうな顔で、

「あの騒動が、『蔦屋』にバレるとは、いかにもまずい。どのような手を尽くしても、揉み消しておけ」

「はい。しかし……」

「なんだ」

「〝夢の島〟から、滝沢馬琴が、その証拠となる薬を持ち出しております。それに、薬を作っていたと、北町奉行所で証言をした者たちもおりますれば……ええ、後任の小田切土佐守《おだぎりとさのかみ》が、さっそく『金峰堂』を取り調べておるのでございます」

「消すか……」

「初鹿野が死んだばかり、それはいかにも、まずうございます」

「ならば、どうする」

「やむを得ません。『金峰堂』ひとりに罪を被って貰うしかありますまい……まさか、その裏に、長谷川殿がいると公にはできまいし、ましてや〝夢の島〟の物資援助を、松平様がしていたとも言えませんからな」

その池田の言い草に、長谷川は鋭い目を向けて、

「皮肉でござるか」

「いや。そういうつもりは……」

「此度の一件、身共なりに決着をつけますゆえ、ご安心下され」

長谷川は松平定信に向かって言った。しかし、定信の方もなんとなく敬遠している節がある。理由はどうであれ、『金峰堂』とつるんで、あらぬ金儲けをしたのは事実だからである。

「安心はできませぬな、長谷川殿……」

池田は付け加えた。

「今度は、山東京伝が、偽の流行り病の一件と〝夢の島〟のことを、戯作として面白可笑しく書いて出すとのことだ。そういうのは庶民は喜ぶものだが、これは差し押さえることはできまい。こっちが躍起になればなるほど、事実であると認めるようなものだからな」

「…………」

「しかも、お上を批判しているのではなく、流行り病にかかった人々を救うために、万能に効く薬を鬼ヶ島に探しに行く桃太郎の話だ……意外にも、塵の中に優れた薬があったというようなバカげた物語だがな、『金峰堂』の一件が書き込まれておる」

「そんなものは、焼き捨てればよい」

「どうも、長谷川殿は分かってらっしゃらない。庶民というものは、心の中に、不満を溜め込んで、ずっと蓄えているものです。それがいつ爆発するか分からない。だからこそ、かような本を読ませていた方が、よいのです。しかし……」

「しかし……？」

「真実を追究させてはならない。だから、『金峰堂』ひとりに罪を被せて、私たちは一切、何も知らないことにする。よろしいな」

「…………」

「京伝は、そこもともご存知のとおり、尾張藩主・徳川宗勝の御落胤とも言われている。尾張家に出てこられては、ご老中もややこしい立場となりましょう」

池田は長谷川に念を押した。

「よろしいな。今後、余計なことは、謹んで下され」

翌日、『金峰堂』幾兵衛は、江戸を混乱に陥れ、偽流行り病に見せかけた毒によって、罪なき人まで殺した咎で、市中引き廻しの上、小塚原《こづかっぱら》で獄門となった。

同じ日に『蔦屋』では、〝狂歌連〟が執り行われ、その夜は、重三郎を中心に、いつもの歌麿、京伝、馬琴、一九が打ち揃って、結局、トカゲの尻尾切りになったことに不満を抱いていた。

「どうするね、重三郎さん」

歌麿が口火を切った。

「このまま、長谷川平蔵をのさばらせておいてよいのですかな」

「そうですな……しかし、評定所でも表沙汰にならなかったということは、松平様が自ら揉み消したのでしょうな」

「たしかに『金峰堂』は闕所《けっしょ》となり、亡くなった人の親兄弟にはもとより、被害を受けた人たちにも多大な見舞金は出た。もっとも、不正に儲けた『金峰堂』の蔵からですがな。そんな始末の付け方でよろしいので？」

まるで重三郎を責めるように問いかける歌麿に、馬琴も畳みかけて、

「そうだよ。俺だって危ない目をして、証拠の品を持ってきたンだ。あそこに、火盗改の役所があったことは、知っている人たちは知っている。悪事に荷担していた……いや、長谷川自身が操っていたのだから、俺たち〝閻魔連〟が始末しなきゃなるまい」

と言うと、京伝と一九も異議を唱えなかった。

重三郎は目を閉じて黙り込み、腕組みで聞いていたが、一同を見廻すと、

「懲らしめたい気持ちは同じだが……ここは、ひとつ俺に任せて貰えまいか」

「それは構いませんが、俺たちの気が……」

そう言いかけた馬琴を制するように、

「気持ちは分かるが、長谷川様とて私腹を肥やすためにやっていたわけではない。ああ、分かっている、手っ取り早く金を得ようとしたことで、人が死んだことは許されることじゃない。だが、直に手を下したのは『金峰堂』であって、それも殺せとは命じてはおるまい。江戸を恐怖のどん底に落とせばよかったのだからな」

「そんな言い訳が通用しますかね」

「しねえよ。だから、俺が話をつけてくるんだ。いいかな」

馬琴と一九ら若いのはすこし不満の顔をしたが、歌麿と京伝は、

「きちんと後始末をする目途《もくと》があるならば、重三郎さんに委《ゆだ》ねる」

と言った。

その夜──長谷川は、後の世には遠山金四郎《とおやまきんしろう》が住むことになる拝領屋敷で、ひとり酒を飲んでいた。

謹慎をさせられたわけではないが、憂さ晴らしもできず、かといって、『蔦屋』を

いたぶることもできず、じっと耐え忍ぶように杯を重ねていると、

――コツン。

と鹿威《ししおど》しが鳴った。

妙だなと長谷川が思ったのは、鹿威しが鳴るように水を流していなかったからである。曲者《くせもの》でも入ったかと、床の間の刀を掴み、ゆっくり立ち上がろうとしたとき、

「よろしいですかな、長谷川……」

と廊下から声がした。

「何奴だ」

「蔦屋重三郎でございます」

「なに……!?」

「折り入って、お話があって参りました」

「何処から屋敷に入った」

長谷川がサッと障子戸を開けると、そこには誰の姿もなかった。気配を背後に感じて、振り返ると、部屋の中で、重三郎が正座をしていた。

「勝手にお邪魔をして申し訳ありません」

「………」

「此度のことは、痛み分け……ということで如何でしょうか、長谷川様」

「どういうことだ」

「あなたの罪を見逃しましょう。その代わり、今後は『蔦屋』のことも放っておいて貰いたい。如何ですか」

「そんな取り引きに応じる俺だと思うてか」

「どちらかと聞いているだけです」

「………」

「蔦屋……おまえは代々、将軍家の……」

「余計な話はよろしい。あなたは、今年の葵小僧を捕縛したのを最後に、あまり芳《かんば》しい務めはしておりませぬな」

「………」

「しかも、〝鬼〟と呼ばれたあなたでも、頼りにしている越中守様……松平定信様の信頼も薄れつつある。これ以上、悪事に手を染めて己を見失う前に、職を辞するのは如何ですか」

「バカを言うな。俺はまだまだ、世に巣食う悪党を刈り取らねばならぬのだ」

「その仕事なら、私がやりましょう」

「──なんだと……？」

「まだ、その職にいたいのであれば、あなたは、私の手から零《こぼ》れた悪い奴を斬るなり、お縄にするなりすればいい。ただし、またぞろ悪党とつるんで、人を人とも思わぬ〝鬼〟の角《つの》が出てきたときには、遠慮なく、始末させて貰いますよ」

「貴様、何を偉そうに……！」

と言ったとき、重三郎はじっと長谷川を睨み上げた。その眼孔からは、異様な光が放たれたようにも見えた。

一瞬、くらっときた長谷川は何が起こったのか分からない様子で、

「な、なんだ……」

と呟いて、朦朧《もうろう》となって座り込んだ。

「よいですな。一度だけ、あなたを見逃します。その代わり、二度と阿漕な真似はしないで下さいまし」

語尾が強くなった重三郎に、長谷川は操られるように頷いていた。

その後──。

長谷川平蔵が、庶民には〝本所の平蔵様〟とか〝今大岡〟と親しまれたのは語るまでもない。そして、これから三年の後、職を辞してすぐ死去している。むろん、その

間、『蔦屋』を攻撃することはなく、むしろ町奉行などに対して、庶民から楽しみを奪うなと弁護の言葉すら述べている。

今日も、江戸は青空である。

日本橋油通町の『蔦屋』の店先には、往来していた大勢の人々が足を止めていた。馬琴の手による〝鬼ヶ島〟の手柄話が、飛ぶように売れていたからである。

第三話　万華鏡の女

一

　まさか亭主が死んだ後に、覚えのない大金が入るとは思ってもみなかった。久枝《ひさえ》は卒塔婆《そとば》一枚作れないと思っていたから、嬉しかったが、亭主が死んで嬉しいとは人には言えない。ただただ、

「亭主の佐五郎《さごろう》は、安酒を少々、肴もスルメの足ばかりだった。だから、こんな大金を……自分に何かあったら大変だと残してくれたんだと思います」

と泣いた。

　残された金は半端《はんぱ》ではない。百両と二十両である。三十年も大店に奉公したとはいえ、番頭になれたわけではなく、手代頭が〝上がり〟である。とはいえ、『越後屋《えちごや》』

といえば呉服問屋としては、大店中の大店であるから、大した出世だ。が、百二十両も〝退職金〟を貰えるわけはなく、佐五郎の給金は月に二両余りあるとはいえ、到底、貯められる額ではない。

「もしかして、富籤《とみくじ》にでも当たって、それでも贅沢しちゃいけねえと、隠していたのかもしれねえな」

というのが近所の人たちの声だった。

だが、久枝からすれば、佐五郎は富籤すら買うような人間ではなかったと思っていた。だから、このような大金が出てきたことが、不思議でならなかったのである。だから、頭の中で、

——もしかして、何処かから盗んだものではないか。真面目な顔をして、実は、盗賊だったのではないか。

などと、あらぬことを考えた。そう思えば、時々、お得意様とのつきあいだといって、夜に出かけていたこともある。ちょっとした疑いが脳裏を過《よ》ぎったが、

「まさか……そんな人じゃないことは、自分が一番知っているじゃないか」

と思い直した。

金は、ふたりが住んでいる神田佐久間町内の両替商『堺屋《さかいや》』に預けられてあった。

『堺屋』の主人・吉右衛門《きちえもん》も、佐五郎から、

「店の売掛金や仕入れの金です」

と言われていたから、てっきりそうだと思い込んでいた。商売では、表に出せない金はままあるものだ。手代頭の佐五郎だから、百両くらいなら任されているのだろうと、吉右衛門は考えていたのだ。

だが、佐五郎の奉公先である『越後屋』の主人の喜左衛門《きざえもん》は、そのような金は知らなかった。だから、その百二十両もの大金をどうやって貯めたのか、不思議であった。

とにかく、佐五郎の金であることは間違いないから、

「これからの暮らしに役立てなさい」

と『堺屋』はきちんと手渡したのである。しかし、このような大金を手にしていては危ないので、当面必要な金だけを受け取って、後は『堺屋』に預けた。

だが、俄《にわか》に大金を得たために、逆に近所の者からは、ちょっとした嫉妬《しっと》をされたり、一両でいいから貸してくれよなどと無心《むしん》に来る者も増えた。仕方なく貸したこともあったが、なんとなく住み辛くなった。佐五郎との間には子供もいないし、生まれ故郷に帰ろうと思っていたときである。

そんなところへ、ぶらりと——長崎千恵蔵が長屋に入ってきた。小銀杏《こいちょう》に、三つ紋

の黒羽織という与力定番の姿に、久枝はすこし驚いた。町方役人との関わりなど、これまで一切《いっさい》、なかったからである。

「北町奉行所の年番方与力、長崎千恵蔵というものだ」

呉服問屋『越後屋』の手代頭の住まいにしては質素だったが、丁稚から手代になってしばらくは日本橋の店に住み込みだった。だが、長年の長屋暮らしで、倹約が染みついた暮らしぶりだった。他人様に迷惑をかけたことなど一度もない。

「なるほど、なるほど」

長崎はただ部屋を見廻していただけだが、久枝には恐い目つきに感じられた。

「亭主が亡くなったんだってな」

「あ、はい……」

与力や同心にありがちな岡っ引は連れていないが、表に小者は待たせているようだった。それにしても、年番方与力といえば、与力の筆頭格である。それくらいは知っているので、久枝は何事かと戸惑っていた。

「死んだ亭主のことで聞きたいことがある」

「あ、はい……」

「おめえの亭主は、『越後屋』からの帰り、『深川屋《ふかがわや》』という蕎麦屋で取引先の者と一杯やっていたときに、具合が悪くなって町医者に担ぎ込まれ、そのまま死んだというが、それはまことか」

「あ、はい。それが何か……」

「たまたま応じた町医者は、敏庵って奴でな、俺と同じ〝狂歌連〟の仲間であるが……その者の見立てでは、胸が悪くなったらしく、心の臓の発作で死んだとあるが、さよう相違ないか」

「はい……そう聞いております」

瞼を何度も震わせる久枝の仕草が妙に艶っぽいせいか、長崎は思わず生唾を飲み込んで同情の目になった。

「亭主は、昔から、心の臓が悪かったらしいから、かかりつけの医者から、薬を貰っていたようだが、たまたま持っていなかったんだ。持っていりゃ、助かったんだがな」

「え……」

「知らなかったのかい？」

「もちろん、存じ上げております。でも、どうして……」

「持ってなかったって？　そこが謎なんだよ」

「………」

「酒も本来は好きではなかったとか」

「はい……でも、店の人や取引先の人たちも、うちの人が体が弱いことは知っていたので、あまり無理に飲ませることはありません」

「ああ。店でも、酒は舐めただけで、後は蕎麦を食っただけらしい」

「だが、突然、倒れた……そして、頼りの薬もなかった……」

長崎は懐から煙管《きせる》を出して、吸おうとしたが、久枝は申し訳なさそうに、

「すみません。うちの人は吸わなかったもので、煙草盆《たばこぼん》や灰皿は……」

「ないのかい。じゃ、遠慮しとくか」

と言って煙管を煙草入れに戻しながら、

「妙だな……亭主は、煙草を吸っていたらしいぜ」

「え？　まさか……」

「周りには吸う奴ばかりだからな、臭いがついていたのかもしれないが、医者の敏庵が一緒にいた者に聞いた話じゃ、煙草はよく吸っていて、その日も吸った途端に、気持ち悪くなったとかでな……そのまま町医者に担ぎ込まれたんだ」

信じられないと、久枝は首を振った。普段から煙草の臭いすらさせていなかったと

いう。だから、家にも灰皿ひとつ置いていないのである。

「でもよ……」

長崎は久枝の顔をまじまじと見て、

「いつもの薬さえあれば、助かったに違いねえのにな」

「ええ……そのとおりです」

「とにかく、大事な薬を持っていなかったってことで、一応、うちの定町廻り同心も調べてみたようだが……誰かに、予《あらかじ》め盗《と》られていた節がある」

「そ、そんな……」

「佐五郎は、薬を財布に入れてあったはずだよな。そのことは、手代らも知っているから、飲ませようとしたが、なかった……何処かで落としたか、誰かにわざと抜かれたか」

「まさか……」

長崎は自分の財布を出し入れしながら、

「財布から薬を落とすってことも、ちょいと考えられないからな……佐五郎は、薬が入っている財布を必死に開けて、探していたらしいよ。だが、間に合わなかった」

黙って聞いている久枝の顔を覗き込みながら、長崎は淡々と続けた。

「それにしても、百二十両もの金のこと、どうして、おまえさんに黙ってたのかねえ」

結局、その話かと久枝は思った。じっと黙って聞いていたが、俄に不安になって、

「もしかして、長崎様は、うちの人が悪いことでもしたと言いたいのですか」

「そういうことだ」

躊躇なく言った長崎を、久枝は驚いた目で見つめ返した。

「ど、どういうことです……」

「まあ、安心しな。店の金を誤魔化したとか、そんなことはしておらぬ」

「では、どんな悪いことをしたと？」

長崎は財布を仕舞い込むと、ふうっと溜息をついてから、

「ここだけの話だがな……佐五郎には、悪い仲間がいて、そいつらに殺されたかもしれないんだ」

「こ、殺されたですって……そんな……いえ、お医者さんは、心の臓の発作で死んだと診《み》たんでしょう。お医者様が看取ったのでしょ。殺されたなんて……」

納得できないというふうに、久枝は首を振った。長崎はしかと頷いて、

「何も刃物を使わなくたって、あるいは毒を盛らなくたって、あんたの亭主は、心の

臓の発作が起これば死ぬと知っている奴が、薬を奪えば、勝手に死んでくれる」

と言った。その言い草が冷たくて、久枝は苦々《にがにが》しい顔になった。

「ど、どうして、亭主が殺されなきゃならないのです。悪い仲間って誰です……ねえ、旦那ア、心当たりでもあるんですか」

悲痛に声を高くする久枝に、長崎は目を細めて頷いた。

「どんな仲か知らないが、佐五郎には、国松《くにまつ》とお恭《きょう》という飲み仲間がいたんだ。こいつらは、まあ夫婦みたいなものだが、ふたりは行方知れず」

「国松とお恭……？」

「ああ。国松は、猪牙舟《ちょきぶね》の船頭だったらしいが、今は何をしているか分からない。知らないか」

久枝は首を振った。

「さあ……まったく知らない人たちです」

久枝は戸惑った顔になって、何かものが喉に詰まったような感じで、

「亭主は決まった刻限に出て、決まった刻限に帰ってくる毎日でした。だから、奉公先の主人や手代さんたちの他に、仲がよい人なんて、私は知りませんでした」

「そうかい」

俯いたままの久枝の顔を覗き込んで、長崎は意を決したように言った。

「この夫婦が、佐五郎を殺したのかもしれねえんだ」

「…………!?」

「話したくないこともあろうが、これからもしばらく邪魔するぞ」

長崎が強く言ったとき、久枝のこめかみがピクリと動いたように見えた。

「こちらこそ、ご面倒をおかけします」

「何か思い出したら、いつでも北町奉行所まで来てくれ」

丁寧に頭を下げた久枝に、長崎は慰めの言葉をかけてから、木戸口まで戻った。表で聞いていた小者たちに混じって──重三郎が聞いていた。

「ご覧のとおりだ……どう思うね」

「さあ、どうでしょう。亭主が大金を残して死んで、見知らぬ仲間もいた……そう聞いた女房にしちゃ、どこか落ち着いてる」

「しかし、重三郎……おまえ、どうして、この佐五郎のことを……？」

「探《さぐ》ってるかって？」

「ああ」

「そりゃ、話のネタになりそうだからですよ。一九に書かせたら、どうかと思いやしてね。ちょいと探っていたんです」

「ふん。他人の不幸は蜜の味ってか……まあ、北町の定町廻りでも、ただの病死とは思ってねえようだから、ま、教えてやらあな。それに、佐五郎もこのまんまじゃ、浮かばれないだろうしな」

と言って、長崎は手を突き出した。その手をパンと叩いて、

「今月はもう一両も貸してますがねえ……そんなに困ってるとも思えやせんが？　飲み代くらい自分で出しなさいよ」

重三郎が離れると、長崎はもう一度、久枝の部屋を振り返った。

「後家にしとくにゃ、勿体ねえなあ」

長崎はそう呟きながら、長屋を背にして、重三郎を追った。

二

呉服問屋『越後屋』の主人・喜左衛門は、町方の度重なる取り調べにうんざりしている様子だった。もう五回も、奉行所に足を運ばせており、それに加えて、重三郎が長崎を連れて、〝取材〟にかこつけて訪ねて来たのも十度を超える。喜左衛門は本当

に辟易としていた。

「私だって、佐五郎が百両を越える金を貯め込んでいたとは知りませんでした。でもね、夫婦ふたりで子供もいない。質素な暮らしをしていたのだから、きりつめれば、これくらいなら貯めたかもしれませんよ」

喜左衛門は言葉遣いこそ丁寧だが、実に迷惑そうな顔だった。『越後屋』のある京橋は日本橋に続いて賑やかな通りであるし、老舗《しにせ》も多く客筋もよい。だから、奉公人が〝殺し〟に巻き込まれた上に、謎の金のことで町方同心に吟味されているだけでも、嫌気がさしていたのである。発作で死んでくれたままの方が、店としてはありがたかった。

「冷たいなあ……てめえの奉公人のことじゃねえかよ」

「そうですかねえ。でも、蔦屋さん。本当に殺しなのでございますか？　私はどうにも信じられません」

「怪しい奴らがいるんだよ」

「誰です、それは」

「まあ、話さぬが花だろう。心配するな、あんたは疑われていないよ」

「冗談はよして下さいまし……それにしても、いつもの薬を持つのを忘れていたのかもしれませんし、落としたのかもしれない。それに、薬を飲まなくて発作で死んだのなら、万が一、誰かが薬を奪ったとしても、〝殺し〟と言えるんですか」

「そうならないから、面白いンじゃねえか」

「面白い？」

「ああ。歌舞伎にでもなりそうだ」

「ふざけないで下さいよ」

「すまん、すまん」

　重三郎は悪びれず言うと、横合いから長崎が、

「煙草を吸っていいかな」

　と煙管を差し出した。

「店ではちょっと……ご遠慮願えますか」

「だよな。佐五郎は煙草は吸わなかったそうだな」

「そうですが？」

「なのに、死んだ夜は、煙草を吸ったらしいのだ。得意先の人の煙管でな……で、その場には、他にも客が何人もいたらしいのだが、心当たりはないか」

「さあ……」

「それが、国松とお恭かと思ってね」

長崎は鎌を掛けたのだが、喜左衛門も知らない名前のようだった。

「知らない……本当かい？」

「長崎様……私は佐五郎が貯め込んでいた百両余りの金については、それこそ寝耳に水なのです。それこそ迷惑な話なのです」

「迷惑って、何がだい」

「商売人ですから、店の金を盗《と》っただの、あるいは裏金だのと……そんなつまらぬ噂でも信用に傷がつきます」

「そんなものかい？」

煙草を諦めた長崎だが、煙管で吸う真似だけはして、

「国松という男は猪牙舟の船頭だがな、運ぶ荷から色々な物品を抜いては、かなり安く売りさばいていたらしいんだ」

「誰です、その国松というのは」

「だから、佐五郎と仲がよかった……らしい男だよ」

「…………」

「近頃は、新品同様のものを大店の半値以下で売る店が増えた。だが、まさか盗品と

か、抜いた品とは思うまい。おまえんところはどうだ。腐るもんじゃねえから、持ち込んでくる輩がいるんじゃないかい」

「うちは大奥の御用達《ごようたし》を承《うけたまわ》っております。そんなことは一切ありません。京や大坂、越後、金沢などから、確かな織り元からだけ、仕入れております」

「だろうな……てことはだな、佐五郎は他から、生地などを仕入れていたのか」

「え？」

「手代頭ひとりででも、商いの取引先と話を決めるってことはできるだろう」

「もちろん、佐五郎に任せていることはありますが、最後は番頭か、もしくは私が認めないと成り立ちません」

「けど、ほら」

今度は、重三郎が風呂敷を広げた。

「なんでございましょう」

「両替商の『堺屋』に残されてた帳簿だ」

「帳簿……」

「おまえの店とは関わりないようだ。佐五郎が勝手にやっていた取引の帳簿で、奉行所でも検分したが、店の呉服を横流ししているようだな」

と長崎が付け加えた。

「本来、この店に届けるぶんを、別の奴に譲ってたという証《あかし》だ」

「信じられません。そんなことをすれば、すぐに分かります」

喜左衛門は興奮気味に首を振ったが、長崎はからかうように笑いながら、

「この帳簿によればだな、『越後屋』と取り引きのある姫路藩や加賀藩の商人に、直に商いを持ちかけて、『越後屋』に仕入れたように見せかけ、他の店で捌《さば》いていたのだ」

「他の店で……？」

「それを扱っていたのが国松で、近頃流行りの〝安売り店〟に卸《おろ》していたんだ。その上《あ》がりの中から、佐五郎も分け前を貰って、百二十両も貯めたんだろうよ」

「し、知りませんでした。飼い犬に手を噛まれたとは、このことです……」

がっくりと肩を落として、喜左衛門は悲しそうな顔になった。佐五郎は『越後屋』の手代頭として商いをしていたのだから、売掛金はすべて喜左衛門についているはずだ。金額にして、数百両の〝負債〟を背負い込んだことになる。

「今年の年末は大変なことになるぜ」

長崎が言うと、喜左衛門はどん底に落ち込んだ表情で、

「そこまで分かっているのなら、どうにかならないのですか、長崎様。仕入れてもいないものの金を、私が払うことになります。そんなバカなことがあっていいのですか」

「お奉行所に訴え出れば、そこんところは、きちんと調べるかもしれないが、『越後屋』の負債になることは変わるまい。佐五郎は『越後屋』の手代頭として、商売をしたのだからな」

「そんな馬鹿な……他にも、あるのですか、あいつが抜いたものが……」

「取引先に問い合わせて、自分で調べてみるんだな。いずれ先方から、請求されるだろうが、肝心の佐五郎はすでに死んでいる。主人として損を被るのはやむを得ぬな。まあ、この程度で済んでいることを祈っているぜ」

「他にも、まだあるとでも？」

「さあな」

「――さ、さあなって……」

悔しそうに震える喜左衛門に、重三郎は優しい声で、

「金のことなら、越後屋さんだから、どうにかなるでしょう。それよりも私はね、あの真面目な佐五郎がどうして、こんな悪さをしたのかが、気になるんですよ」

「………」

「女房に残した金以外に、もっともっと、金が消えているかもしれませんぜ」

重三郎の目は、言葉とは別のことを言いたげであった。ほんの一瞬、喜左衛門が目を逸らしたのを、長崎はじっと見ていた。

「そんな大金、佐五郎は本当に必要だったのかな……」

「こっちが聞きたいくらいですよ！　ああ、まったく、あいつはなんてことをしてくれたんだ、ああ、もう！」

奉公人に裏切られた悔しさを、喜左衛門は言葉にすることはできなかった。それでも、死んだのは、佐五郎だ。

「なあ、越後屋さん……死んだ奴に泣き言を言ってもしかたがない。あなたは、本当は何か気づいたことがあったんじゃないのかい？」

と重三郎が訊くと、喜左衛門は赤く腫《は》れた瞼を向けた。

「どういう意味です」

それには、長崎が答えた。

「佐五郎がやったことは、騙《かた》り同然のこととしてもだ、おまえさんが雇い主なんだから、只で済むとは思えねえな」

「…………」

「佐五郎のことで、なんでもいいから思い出したことがあれば、いつでも話しに来い」

長崎は意味ありげな強い言い草で、喜左衛門を睨みつけた。喜左衛門は、どこか不安を抱えた目つきで、重三郎と長崎のふたりを眺めていた。

三

「馬琴や、ちょいと来ておくれ」

重三郎は自分の部屋に呼びつけた。滝沢馬琴は手代として店で働いているが、住み込みだから、夜は二階で執筆をしている。

だが、まだこれといって、きちんと書いてはいない。山東京伝門人の名義で『尽用而二分狂言《つかいはたしてにぶきょうげん》』を出したばかりで、今も代作をやっているところだ。作品の名を知られたとはいっても、京伝があってのことで、馬琴の実績とは言い難かった。

そういう意味では、十返舎一九も同じようなもので、『心学時計草《しんがくとけいぐさ》』という作品に取りかかってはいたが、まだまだ出せる代物《しろもの》ではないので足踏みをしている感じであった。

もっとも、一九は義太夫語りの世話になっていたこともあり、近松与七という名で浄瑠璃を合作したことがある。世話物は得意だと自分でも言っているので、今般の佐五郎の事件を面白可笑しく脚色して、戯作にしてみようと、重三郎は思っていたのである。

すでにネタは振っているのだが、本腰を入れているかといえば、そうではない。昔からの放蕩癖がなくならないので、ちょっとした金を手にすれば、すぐに飲んだり、博打をしたり、女に使ったりして、執筆の方は疎《おろそ》かになる。初めは『蔦屋』に起居《こじ》していたが、同じ年頃の馬琴とは、仲がよいときはよいのだが、ちょっと拗れるとすぐ喧嘩になるので、今は、近くの長屋暮らしである。

「どう思うね、これは……」

重三郎は、一九が書きかけのものを、馬琴に読ませた。すると首を傾げながら、

「これじゃ、女房の久枝が悪い女なのか、いい女なのか、分かりませんねえ」

「うむ。無理に現実と同じことを書くことはないのだがね。近松門左衛門《ちかまつもんざえもん》だって、紀《きの》海音《かいおん》だって、本物より本物らしく描いて、しかも荒唐無稽《こうとうむけい》にならないように創意工夫していた。しかし、そこには人間味があって、世の中の真実を感じられた」

「ですねえ……」

「此度の事件は、地味ではあるが、女房が思ってもいない大金を亭主が残していて、それがどういう金かは謎だ。悪いことをしていたんじゃないかという女房の思惑どおり、亭主はちょっとした悪事を働いていた節がある。しかし、本当に悪さをしていたのか、別の何かがあったんじゃないか……佐五郎には女房も知らない遊び仲間がいたようだが、本当に女房は知らなかったのか。女房は、本当にその金のことも知らなかったのか……あるいは、呉服問屋の主人はどうだ。疚《やま》しいことは何もないのか……」

「ええ……」

「つまり、生真面目で平凡に過ごしてきた男と、それに付き従ってきたどこにでもいる女房が、亭主の死によって、何か違う……本当はどういう人間だったのか、っていうものを感じさせる物語にして貰いてえんだ。近松だって、剔《えぐ》らなかったような日常の中の不条理というかねえ」

重三郎がしみじみ語ると、馬琴はあっさりと、

「そりゃ、一九には無理ですな、旦那さん」

「そうかなア」

「無理無理。そりゃ浄瑠璃が好きかもしれませんがね、あいつはなんだかふざけたや

ろうでね、世の中をまともに見ていませんよ。遊び過ぎて、頭の中に苔《こけ》でも生えてんじゃないですかね」

「頭の中に苔か」

「ええ。あいつに似合いなのは、そうですなあ……世間を知っているようで知らないアホとバカが一緒になって、お伊勢参りにでも行く、つまらん道中記でも書けばいいんだ」

「道中記、か……なるほど、それもよいかもな。〝にわか〟仕立てでいけば、面白いかもしれんな」

「旦那……冗談ですよ。あいつが、そんな洒落っ気のあるものも書けるはずがない。とにかく、俺の戯作に絵くらいは描かせてやってもいいですけどね」

「おまえねえ。絵は大事だぞ。話の内容もさることながら、絵によって売れる売れないが決まることもあるんだ」

「だったら、一九の絵じゃだめだ。あいつの絵には華がない」

「どうも、喧嘩腰だねえ。おまえたち、そんなに仲が悪かったかい？」

馬琴はそれには答えず、

「なんなら、その続き、俺が書きましょうか？　いや、端《はな》から書き直しになりそうだから、やめとくか」

「ああ、やめといた方がいい」

　と重三郎はきっぱりと言った。

「おまえさんは、それこそ、なんというかねえ……唐の国の物語のような、仙人や竜が出てくるような壮大なものが向いてると思うねえ。後先考えず突っ走ることや、やることも大胆だし、小さくまとまっちゃいけないね」

「そうですか？」

「ああ。腕っ節もあるし、やっぱり水滸伝《すいこでん》のような英雄の話を書けば、大当たりすると思うのだがねえ」

「そうですかい？　俺は案外、近松のような男と女の心のひだや、西鶴《さいかく》のような商人の中に見る人間の欲みたいなのを書かせれば、当代一流になると思うんですがねえ」

「そりゃ、間違いだな……ま、いいや。とにかく、おまえから、一九にこれを仕上げないことには、もう金はやらねえよと俺が言っていたと伝えとくれ」

「そんなのは旦那が……」

「いや、おまえが言えば聞くんだよ。好敵手と思っているからね。おまえにだけは、後《おく》れを取りたくないみたいだよ。あいつは」

そう重三郎が言うと、気乗りしない返事をした馬琴だが、自分もまた、発憤していた。つまりは、重三郎はこのふたりを競わせていたのだが、同じ武家の出であるから、意地の張り合いもある。それが、切磋琢磨《せっさたくま》の鍔迫《つばぜ》り合いになるのを、重三郎は心の奥で期待していたのである。

「とにかく、何かを書こうとしたら、てめえの目で見なきゃいけない。てめえの足で歩かなきゃ、作品は薄っぺらになるし、前には進めないンだよ」

重三郎の言葉に、馬琴は痛いとばかりに耳を押さえた。


お恭という女が、隅田川に死体で浮かんだのは、それから数日後のことであった。夜釣りに出た漁師によって引き上げられたのだが、水が冷たかったせいか、まるで人形のように美しかったという。

しかし、お恭は大量の水を飲んで腹は膨らんでいたから、はじめは妊婦かと思われた。なぜ、死んだかは分からないが、どうやら猪牙舟がひっくり返り、その弾みで船縁で頭を打ったものと思われた。

もちろん、この猪牙舟は、国松が操っていたもので、しばらく川底に沈んでいたのを、ようやく引き上げられた。が、国松の姿はなかった。

陸《おか》に引き上げられたお恭を、検分していた北町奉行所の定町廻り同心の大窪小五郎《おおくぼこごろう》は、熟達した様子で見ていたが、これといって、殺しか事故の明瞭な証拠の決め手を拾うことができなかった。

そこへ、ぶらりとやってきたのは、一九だった。浪人姿ではあるから、町方中間《ちゅうげん》や岡っ引たちが近づくなと命じたが、

「大窪の旦那」

と一九が声をかけると、長崎から言われていたのであろうか、

「なんだ、おまえか。まあ、来い」

と招かれた。

江戸の河川では、土左衛門《どざえもん》はさほど珍しいものではない。一九は見慣れた様子で、綺麗な亡骸だと言った。

「であろう……まるで天女のような顔だ」

大窪はそう返すと、ただの猪牙舟の転覆事故であろうと伝えた。猪牙舟は速いのが特徴だが、横波には弱い。

「ですがね、旦那……この女は、おたくの長崎様が調べ出したように、あの佐五郎とともに、〝抜け荷〟同然に着物を売りさばいていた不届き者ですよ」

身元がすぐに分かったのは、往来手形が帯に挟まれてあったからである。

「ああ、承知しておる」

「しかも、亭主同然の国松が姿を消しているんでしょ……もしかしたら、このお恭を殺したのも、国松ではないですかね」

「このお恭もってのは、どういうわけだ」

「だって、佐五郎も殺されたって話じゃないですか」

「それは、まだ分からぬ。心の臓の発作だ」

大窪はそう返して、

「長崎様から聞いてはおるが、探索について、余計なことなら言わないでくれ」

「お恭を殺したのも、国松ではないか。大窪様はそう思われませんか」

「思わぬ。そもそも、長崎さんは、いい加減で適当なことをおっしゃる。これは、物語とは違う。現実なのだぞ。嘘で本当をごっちゃにして貰っては困る」

「嘘と本当を……」

一九は何か閃《ひらめ》いたのか、アッと手を叩いて、

「もしかすると、姿を眩ましている国松は、遠くに逃げたのではなく、別の名でどこぞに潜んでいるのかもしれませぬな」

「別の名で……？」

したり顔で、一九が頷いたとき、秋風が隅田川の川面を撫でるように吹いてくると、そのまま上昇して、青空に舞い上がった。土左衛門のお恭の唇が少し震えて、笑っているように見えた。それを見た一九は、

――これは絵になるな。

と思ったが、女の怨念がまとわりついてくるような気もして、成仏しろよと改めて合掌するのであった。

四

一方――長崎は、小伝馬町牢屋敷で、牢屋奉行の石出《いしで》帯刀《たてわき》と対面していた。

「驚きましたな……船頭の国松が、権太《ごんた》と名を変えて、盗人として捕まっていたとは。この際、北町奉行所にて調べ直したいと思いますが……」

と申し出ると、石出は断った。

「すでに、南町奉行所で結審した事件につき、遠島になるであろう咎人を、別のお白洲に出す決まりはありませぬ」

「いや、これは余罪にあたる。別件を、お白洲で調べて加刑をすれば、獄門にだってできるのでは？」

「いつもながら、長崎様は思わぬことばかりおっしゃる。今般の佐五郎〝殺し〟の一件、とお恭の死は、関わりがあるかどうか……どうしても、国松の調べが要《い》るとなると、牢屋敷から出さねばなりませぬゆえ、南北奉行の許しが要りましょう」

「それは、この俺がなんとかする。だから、石出殿の計らいで、まずはここで、俺に調べさせては貰えまいか」

と長崎は頼み込んだ。

牢屋敷に関わることは、町奉行の命令によらねばならない。年番方与力が勝手なことはできないが、むろん長崎は、北町奉行の小田切土佐守に許しは得ていた。

「そういうことなら……」

石出は鍵役同心立ち会いのもと、面談を許した。

長崎が会ってみると、国松は獄衣のせいか、凶悪な顔に感じたが、よく見れば何処にでもいる男であった。牢暮らしに疲れていたのか、ふてくされた態度だった。

「船頭の国松……だな」

「——へえ」

「なぜ、つまらねえ盗みをして、捕まったりしたのだ。俺には、わざとしたとしか思えぬがな。娑婆《しゃば》にいたらマズいことでもあるのか。命を狙われるとか」

国松は気まずそうに目を伏せた。

「おっしゃるとおりで……ここにでも逃げ込まないと、本当に殺されるかもしれないと思ったからで」

「誰にだね」

「そんなことは分かりません。佐五郎が殺されたときに、次は俺だと思って……逃げても消される。けど、奉行所や牢屋敷の中ならば助かる。所払いになっても構わねえ。そう思って……」

「殺される……ようなことを、おまえはしていたってわけだな？」

長崎が詰め寄ると、国松は溜息混じりに、頷いた。惚《とぼ》けたところで、いずれ白状させられると踏んだのであろう、国松は正直に話した。

「おまえたちは……つまり、佐五郎とお恭と、どのような悪さをしていたのだ」

「それは……佐五郎が『越後屋』から注文を出したことにして、色々な呉服生地を仕入れ、それを横流しして、かなり安く売りさばいておりました」

「いずれバレるのは、分かっていたのではないか？」

「ある程度、金が入れば上方《かみがた》へでも逃げるつもりでした。俺は、ただ佐五郎に頼まれて、安売りの店に売っただけ……それだけですよ」

「素直に話されたら、なんとなく気持ち悪いな」

「バレたんだから、仕方がありやせん」

長崎は、一瞬、戸惑ったが、国松が嘘を並べているとは思えなかった。しかし、本当は、もっと大事なことを隠しているような気もした。長年の与力暮らしの勘である。

「ということは、捕まったときは、出鱈目《でたらめ》を言ったってことか」

「まあ、そうです」

「そう言っておけば、俺が下手《したて》に出ると思ってるな。そんな目つきだ」

「まさか……本当のことを言ってるだけです。それに、長崎様と言えば、この風潮の中で『蔦屋』と昵懇のお偉い人ですから」

町場の噂では、『蔦屋』で催されている〝狂歌連〟は、幕府への批判をする者の集まりだということだ。そこに参加する町方与力は、庶民から慕われている。

「そんな御仁には、正直に言わないと、バチが当たりまさあ」

どこまで本気で言っているのか分からないし、舐《な》めているのかもしれない。長崎は真意を見抜くために、ちょっと鎌を掛けた。

「そうやって、自分だけが被害を受けたとでも言いたいのだろう。お恭が死んだときには、おまえはこの牢の中だったから疑いはかからないと思ってるのだろうが、佐五郎の方は証拠があるんだ、おまえがやった」

「!?………」

「佐五郎の丸薬を財布から、抜き取ったであろう」

「な、なんの話です」

「惚けても無駄だよ。佐五郎が敏庵という町医者に担ぎ込まれる前、おまえも同じ蕎麦屋にいたのを、町方では調べてるんだ」

「………」

「どうなんだ」

「たしかに、いましたよ。でも、それは佐五郎に呼ばれたから行ったまでで、奴が死ぬなんて、思っても……」

「呼ばれてねえ……なんのためにだい」

長崎が訊くと、国松は困惑したように目を逸らして、

「次の〝仕事〟のためにですよ。奴はまだ稼ぎたかったようで」

と言ってから、取りすがるように、

「あ、そうだ、長崎様。そのとき、主人もいましたよ、『越後屋』の主人も」

「なんだと……？」

「得意先の人も一緒でしたし、店からは手代たちも何人か……」

「本当か？　そんな話は、喜左衛門は一言もしなかったぞ」

「嘘じゃありませんよ。まあ、佐五郎が倒れる前に帰りましたがね、時々、ふたりは話してましたし……主人が帰ってすぐなんですよ、佐五郎が倒れたのは」

　咎人の言うことだから、俄には信じられないが、長崎は聞き返した。

「喜左衛門はなぜ、そこに……」

「俺と佐五郎、そしてお恭の悪さに気づいて、様子を見に来たのかもしれません。佐五郎の奴、近頃、ご主人に気づかれたみたいで、まずいと言ってましたから」

「主人は知らぬことだと言ってたが」

「それは、どうですかねえ……」

　国松は含み笑いをして、

「越後屋のご主人も、人に言えない悪さをしてたって話ですよ……そのことを、佐五郎は握っていたみたいだし」

「まったく、どいつも、こいつも、ふざけやがってよう。舐めてんのか」

長崎が乱暴に言うと、国松は唖然と見やった。

「まあ、国松……これで、おまえを捕縛する手間が省《はぶ》けたってもんだ。所払いでもいいって言ってたな。そのとおりにしてやるよ」

「え、そんな！」

「いや、それじゃ済まねえな。獄門も覚悟しとくんだな」

「だ、旦那……あっしは何も！」

救いを求める国松を、長崎は突き放すように諦めなと言って、ニタリと笑った。

「それとも、大牢の中で、殺されないように気をつけておくんだな。おまえを殺したい奴がいるとしたら、牢内に追ってくることなんざ、朝飯前だろうからよ」

「ま、待って下さい……俺はどうなるんです、俺は……！」

長崎は黙って立ち去った。

――こいつは、他にも何かを知っているに違いない。それを吐くまでは、ゆっくり待つとするか。

冷たく薄暗い牢屋敷にいれば、本当に正直に話すときもくるであろう。そんなに時がかかることもあるまいと、長崎は思った。

五

この夜、『蔦屋』で、牢内の国松の様子を話していた長崎は、

「佐五郎が殺しだとしても、下手人を挙げるのは難しいかもしれぬな」

とこぼしていた。凶器で殺されたのであれば、はっきりするが、ただ発作の薬を隠していたというだけでは、決定的な証拠に欠けるし、殺意も証明できまい。

「あわよくば、死ね」

という思いが、下手人の心の中にあったとしても、誰が何故やったのかという決め手に欠けていた。その上、不法に稼いでいた佐五郎と、仲間であるお恭殺しも、国松が直に手を下していないことが明らかだ。

――他に誰か仲間がいるのか……あるいは、まったく別の下手人がいるのか。

分からないままだった。

「じゃ、まったくのお手上げじゃないですか」

重三郎が言うと、長崎は手酌で酒をやり、河豚《ふぐ》の焼いたのを肴にしながら、

「ああ、まずい、まずい」

「うめえと思いますがねえ。褒めてやらねえと、毒に当たりますぜ」

「河豚のことじゃない。重三郎、あんたが期待するような、面白いネタはないかもしれねえってことだ」

「ま、それはもうようござんすよ……一九の奴は、本当の事件はともかくとして、何か閃いたようで、せっせと書いてまさあ」

「なんだよ……おまえは、俺を利用しただけのことなのか？」

「ま、そんなところで」

きっぱり重三郎が言うと、長崎は紅潮した頬をパンパンと自分で叩いて、

「あんたに乗せられた俺が悪かった」

「でも、事件を解決すれば、お手柄じゃないですか」

「おいおい。俺は定町廻りじゃない。そもそも、定町廻りには与力はおらん」

「でしたな」

「からかっておるのか」

鼻息を荒くした長崎が、河豚を食って、またうめえと溜息を洩らしたとき、勝手口の方で物音がして、一九が入ってきた。

「おまえのことを話してたんだ。どうした、話は進んでるか」

重三郎が声をかけると、一九は何も答えないで、座って勝手に人の銚子を取って、杯に注いで飲むと、

「どうも、分からねえなあ……」

と言ってあぐらをかいた。

食膳には冷えた茄子の天麩羅もある。それを摘《つま》んで食べて、一九はまた溜息をつき、

「あ、冷《さ》めてもうめえな、この茄子……でも、戯作は冷めちゃおしめえなんだな、これが……だから、下手人が分からないんだ」

「はあ？　なんの話だ」

「佐五郎が殺されたとして、奴を狙った本当の狙いですよ」

「ふむ……まあ、それは、実際の事件はともかく、おまえが考えればいいんじゃねえか。ですよね、長崎さん」

「え、ああ……」

と答えた長崎は、思いついたように、

「だったら、一九……おまえの考えはどうだ。もしかしたら、その考えどおりのことが、現実で起こっていたのかもしれんしな」

「ああ、なるほど……どうなんだ、一九」

重三郎が振っても、なんだか照れ笑いのように首を傾げただけで、一九は黙っていた。厨房から酒を運んできたお楽が、急にポッと頬を赤らめて、

「なんだ、来てたんですか……」

と言った。長崎はそれを敏感に感じて、

「お楽……おまえ、もしかして……」

「はい。どっちにしようか迷っているんです私……一九さんはもちろんいいけれど、馬琴さんもいいなあって……」

「二股か？」

「え？」

「ま、両方ともなかなかいい男だしな」

「何を言っているのです。私は戯作の話をしているのです。バカね」

そう言った瞬間に、お楽は奥に消えている。酔っぱらいの相手は沢山だと思ったのであろう。その後ろ姿を見て、長崎は首を傾げて、

「またまた惚けて……年頃の娘だものな。悩ましいなあ……」

と、ただの酔っぱらいのような言動になった。

「おまえもまんざらでもないだろう、一九さんよ。俺は勘がいいんだ」

「冗談はよして下さいよ、長崎さん。私も、国松とやらが怪しいと思って、もう一度、調べ直しできるようにと頑張っていたのです。あいつは、ただの船頭じゃない。やはり、盗賊の一味だったんですよ」

「盗賊!? 本当か!」

「ですから、私の書いているものの話ですよ」

「……なんだよ、ややこしいな……とにかく、お楽は馬琴より、おまえが好きだな」

酔っぱらっているが、長崎は一九の言わんとしていることは想像できた。

「おまえ、もしや、久枝を張っていたか」

「……どうして、それを?」

驚いて見ている一九に、長崎は酒をぐいと飲んで、河豚を食べながら、

「そろそろ、動く頃だと思ってた……あの女房は亭主が死んでも、あまり悲しんでいなかった。俺はそう思った」

「それは、重三郎さんも言ってました。よねえ」

「うむ……あの女は、それこそ、河豚毒を持ってるかもしれないな」

重三郎が言うと、長崎は河豚を口から放して、

「どっちの話だい。戯作の話か、それとも本当のことなのか」

「さあ、どっちでしょうか」

一九が言って、重三郎と目を合わせて笑うと、長崎は熱燗を飲んでから、

「いいか、一九。おまえが睨んだとおり、あの女房は怪しい」

「ですよねえ。年の割にどこか色香があるし」

「必ず何か隠してる。実は、岡っ引や下っ引を張りつかせてるのだが……」

「ほんとの姿を暴くために」

「そういうことだ」

「私も感じてましたよ。実はですね……」

と一九も酒を舐めて、

「とりあえず葬儀は出したものの、久枝はしばらく長屋にいたのですが……長屋の者たちの話によると、男が二人ばかり、訪ねてきたらしいです」

「そうなのか？　もしや、一九……」

長崎はしみじみと顔を見つめて、

「もしや、亭主を殺した奴らなのか、そいつらは」

「まだ分かりません。でも、久枝ってのは、いい女房だと思ってましたが、もしかしたら裏の顔があると感じたんです」

「裏の顔、な」

「私が訪ねたときも、擦れ違いで、浪人者がひとり訪ねて来ました。まだ、俺くらいの年でしょうかね。で、ならず者ふうも一緒でした……他にも何人か、同じような浪人が」

「浪人か……」

「はい。久枝は、その若い浪人と、なんだか楽しそうに笑ってました。近所のおかみさん連中も、とても亭主が死んだばかりとは思えないって」

「酷え話だな……とにかく、おまえは浪人が何処の誰か……」

「もう調べてますよ。牛込《うしごめ》にある『岩田《いわた》道場』という梶派一刀流の町道場の師範代をしている、田坂安兵衛《たさかやすべえ》ということだけは分かりました。でも、どうして、そんな男と知り合いなのかは分かりませんが、久枝の裏の顔がなんとなく見えました」

「――一九さん」

奥から戻ってきたお楽が声をかけた。

「だめですよ。町方の旦那の真似事なんかしちゃ。後は、自分で考えて書けばいいんで、危ない目をすることはありません」

「ありがたいねえ、心配してくれるのかい。でもね、これは戯作でもあり、〝閻魔連〟

の裏始末でもある」

「閻魔……裏始末……？」

お楽が首を傾げたので、重三郎は一九に軽々しく言うなとばかりに顔を顰めた。その言葉に、長崎も鋭く反応した。

「――どうも、臭うな……色々と裏がありそうだ」

長崎が訝しい目になると、お楽は身を乗り出して、

「だったら、一九さん。私が調べてきてあげる。相手は女だし、私みたいな小娘なら油断するでしょうよ」

「自分で小娘って言うな」

「任せてちょうだい」

お楽はニコリ微笑むと、重三郎と一九は、

――こいつが出てくると厄介だから、どうにかしろい。

と言いたげな目顔で、お互いになすりつけあっていた。長崎も不思議そうに、三人を見比べながら、また河豚を囓った。

六

秋だというのに蒸し暑い日が続いている。

妙に明るい天気だと思っていると、夕暮れには雷雨となり、朝になると、また暑い日となったかと思えば、昼を過ぎると、突然、また雨となる。

坂の多い江戸は、雨が降ると途端に滑りやすくなる。急な坂道も多い。冬になって雪が積もると、滑って転げて怪我をする年寄りも多くなる。

そんな坂道を、お楽は、久枝を尾《つ》けて歩き廻ったが、何処にも立ち寄らず、ただただぶらぶらしているだけだった。だが、それは時間潰しであって、牛込の道場の近くにある小さな神社の境内で、誰かをじっと待っているようだった。

一九が話していた浪人者の道場のすぐそばだから、きっと逢い引きであろう。それにしても、女が何をやっているのか、お楽は想像ができなかった。

ふいに、久枝が振り返った。

どうやら、お楽が尾けているのに気づいて、撒《ま》こうとしたようだ。が、

——こっちも必死なんだよ。

という思いで、お楽はじっと張りついていた。

その神社で会ったふたりは、しばらく立ち話をした後、『岩田道場』には戻らないで、神楽坂《かぐらざか》の方へ行った。この坂は、将軍が別邸に行くために造られたものだから、後の世に芸者が歩く花柳界のような雰囲気はまだない。むしろ武骨な感じで、百人同心の組屋敷や御徒組屋敷、小さな馬場などがあった。

とはいえ、今は将軍の別邸がないので、その折りに立ち寄った茶屋などが、衣替えをして、庶民が憩う場に変わっていた。路地の奥には出会い茶屋などもあったのである。

久枝の相手が、道場師範代の田坂安兵衛であることは、一九が摑んでいたが、どういう人間であるかはまだ分からない。もちろん、久枝との関わりも、なにひとつ分かっていない。後で調べるしかないが、お楽はまるで〝くの一〟のように、ふたりが入った出会い茶屋の塀の外で、じっと待っていた。

すると——。

急な階段になっている路地の上から、丸太がゴロゴロと落ちてきた。何処かの屋敷で修繕でもしていたのだろうか、次々と転がり落ちてくる。

「ああっ！」

見上げたお楽が驚いたのは、丸太が勢いを増してくるのが見えたからだ。だが、路地の幅は狭く、逃げ込む所もない。見廻すと、誰も人はいないが、そのまま転がれば下の通りに飛び出して、往来する人たちも大怪我をするはずだ。

どうすることもできないお楽は、とにかく下に逃げようと思ったが、着物の裾が絡んで、しかも石段なので走れない。あっという間に丸太が近づいてきて、お楽は体を掬い取られるように倒れた。

ガツンと足下に痛みが走って、そのまま倒れた。鈍い音がして、丸太が地面を擦る音やぶつかりあう音が、頭上でした。ほんのすこし、丸太に引きずられたが、お楽の体は弾かれて、側溝に落ちた。

丸太は土塀が続く坂道をその先まで転がって、常夜灯の石灯籠にぶつかって止まった。数本の丸太が壁や塀を壊しながら次々とぶつかったが、なんとか止まったようだ。

その音に、近くの屋敷や店から、住人たちが飛び出してきて、往来の人も駆けつけてきた。それを目《ま》の当たりにした人々の中には悲鳴を上げる者もいた。

だが、お楽が側溝に落ちてはまったのは幸いだった。手足や顔に擦り傷はあるが、丸太の直撃は避けることができたからである。

まだ体の上にある丸太を、駆けつけてきた人たちが、梃子などを利用して取り除き、

側溝にはまっているお楽を懸命に引っ張り出した。誰かが医者を呼べと叫んでいるが、お楽は這い上がって、

「だ、大丈夫です……それより、他に怪我人はいませんか？」

と人のことを気遣った。お楽は丸太が石段の途中で止まっているのを見て、ほっとするのだった。

――それにしても、誰が……明らかにわざと転がしたに違いない。

ほんの一瞬だが、石段の上に人影があったのを、お楽は見たような気がしたからだ。

みんな親切に声をかけてくれた。

「大丈夫かい、ねえちゃん」

「頭は打ってないかい」

「足は折れてねえよな。手はどうだ」

「誰でえ、こんなものを転がしたのは。気をつけやがれい」

「人を殺すところだったぞ」

などと叫びながら、石段の上に駆け登っていく鳶ふうの若者もいた。

今更ながら、お楽は恐くなって、自分でも震えてくるのが分かった。

そんな騒ぎを、出合茶屋の黒塀の隙間から、じっと見ている目があった。それは、

久枝の目で――ぎらりと鈍く光った。

重三郎のもとに、お楽が怪我をしたと報せが入ったのは、その日の昼下がりだった。いつものように、絵草紙の刷り上げの作業をしているときであった。出入りの業者もいて、慌ただしく仕事をしているときだったが、奥の作業場に担ぎ込まれたお楽を見て、重三郎は我が娘のように心配した。と同時に、

「やはり、おまえに危ない真似をさせたのがいけねえ。悪かった」

と体を撫でながら謝った。

報せを受けて駆けつけてきた長崎も、心から案じていた。だが、気丈に振る舞っていたお楽も、自分の家に帰ったかのようにほっと安心したのか、急に眠りについた。

「蔦屋ッ。これはただの事故じゃないな。誰かが、わざとやったに違いあるまい」

長崎はそう言った。しかし、重三郎は必ずしも、それには与《くみ》しなかった。お楽がそのとき、その場所にいることを知っているはずがないからだ。しかも、普請場からわざと丸太を落とすには手間もかかる。これは、たまさかのことだったかもしれないが、その事故によって、久枝と田坂がどのような仲であるかを知ることはできなかった。

もっとも、お楽の話のとおり、出合茶屋に入ったとすれば、男と女の仲だと考えて

よい。久枝もとんだ女狐かもしれないということだ。

「それにしても、どういう奴らなんだろうな……特に、久枝って女は」

溜息混じりに長崎が言うと、重三郎は頷きながらも、

「他に何か、怪しい奴らは見つかったかい」

「怪しいというより、奇妙なんだが」

「なんでい」

「同じ神楽坂には、お恭がやっていた一膳飯屋があるんだ」

「お恭……？」

「この前、土左衛門で浮かんだ」

「ああ。そんな商売をしてたのかい、その女は」

「商売というほど繁盛してたわけじゃないが、まあ常連が酒を飲みに来ていたようだ」

「なるほど……こりゃ、妙なところで繋がったな」

「ああ。俺も探索を続けたが、お恭の店の近くには神田川沿いにある神楽坂下の河岸があり、もちろん船頭の国松も、お恭の店には入り浸っていた」

「もしや、田坂という浪人も……」

「まだ調べてはいないが、おそらく出入りしていただろう……というより、お恭の店が、奴らの隠れ家だったんじゃないかな」

「隠れ家……」

「呉服の横流しのな……」

長崎はそう言ってから、さらに険《けわ》しい顔になって、

「まあ、死んだ佐五郎の場合は呉服だったが、そういう連中が他にもいたようだ」

「そういう連中とは？」

「まっとうに働いている大店の手代の中で、自分の店の品を横流しする奴がだよ。おそらく、元締めみたいなのがいて、そいつに唆《そそのか》されていたんだと思う」

「元締め……が」

「安売りをしている店には、盗品とか横流し、抜け荷などが扱われている。としたら、誰か差配役がいて、きちんと命令に従ってやっているだろうよ」

「なるほどな……」

「そう考えると、国松やお恭ってのは下っ端で、何か上に対してマズいことをやらかしたから、命を狙われた……そう考えれば辻褄が合うだろう。もっとも、その上に誰がいるのかは、分からないがな」

「それにしても、なんで、お楽が狙われなきゃならないんだ」

「まあ、これまた事故かどうかが、味噌なんだがな」

長崎が重三郎に言うと、廊下で話を聞いていた一九が、自分なりに調べていたことがあると切り出した。

「何か掴んだのかい」

「ええ……実は、久枝には、亭主の知らねえ間に、数人の間男《まおとこ》がいたようです」

「数人の間男だと!?」

「いや、もっといるかもしれやせん。巷《ちまた》には、人の女房のくせに、夜鷹まがいのことをする女もいるからねえ、今のご時世」

「まさか、あの女が……」

「そうは言っても、事実、田坂と出合茶屋にしけ込んでる」

一九が呆れ顔になって、懐から差し出した書き付けには、分かる範囲で調べた男の名が、十人程並んであった。重三郎と長崎はそれを手にして、

「とんでもねえ女だな……一九、おまえが考えたよりも酷い奴じゃねえか」

と言った。

しかも、そこには、それなりの大店の主人や幕府の役人の名もあった。

「こりゃ、またまた……本当か、一九」

「これでも、昔は目付みたいな役職にいたものでね。裏取りは得意なんですよ」

溜息をついた長崎は、もう一度、書かれた名を口の中で繰り返して、

「確かなのか？」

と問いかけると、一九が答えた。

「ええ。間違いありません」

「たしかに俺も、久枝には裏があると思ってる。こんな大物ばかりを手玉に取るような女には見えないが、こりゃ相当な玉だな」

「おっしゃるとおりで。真面目で平凡な人妻として暮らしながら、別の女の顔もあった……そういう人生とはなんでしょうね」

そう一九が呟くと、重三郎が返した。

「元々、そういう女だってことだ。表と裏じゃ、裏が本物に決まっている」

「てことは、俺たちも裏が本物ってことで？」

「ある意味そういうことだな」

と重三郎が言うと、長崎が訝しげに、

「おいおい……おまえたち、何を摑んだのだ」

「旦那も鈍いでやすねえ」

重三郎と一九はニコリと笑った。そして、一九は続けた。

「とまれ……お楽が尾けていた先で、久枝は、田坂安兵衛という道場師範代と会っていた……久枝はここで、お楽がえらい目に遭ったのを見ているはずだ。もしかしたら、丸太を落とした奴のことも知っているかもしれない」

「…………」

「しかし、そこにいたことが世間に知れると、田坂とのこともバレる」

「久枝がやらかしたことだとでも？」

「俺はそう睨んでる。むろん、証拠はないが、もっとあの女のことを調べれば、もっと裏の裏が分かるはずです」

「裏の裏は表じゃないか」

長崎が返すと、一九は首を振って、

「いいえ。裏の裏は本当に見えない所なんですよ。綴り本でもそうでしょ？」

重三郎も腕組みで唸っていたが、ふいに光明が射したような顔になって、

「一九。お楽の仇討ちをするぜ」

「これまた大袈裟な」

「いや。下手《へた》すりゃ、死んでたんだ」

「たしかに……」

「お楽が見つけようとした相手……田坂安兵衛こそが、久枝の本当の間夫《いろ》かもしれない。逃がしちゃならねえな」

チョンと柝《き》を鳴らすように、重三郎が帳場の算盤《そろばん》台を叩くと、歌麿、京伝、馬琴、一九が打ち揃い、

「しとやかな」

「顔した裏は」

「女狐の」

「男を食いし」

「金の亡者か」

と一瞬だけ、〝狂歌連〟の座となって息を揃えた。

「一九、おまえが仕込んだ、この筋書き。どうやら、戯作の顚末が見えそうだぜ」

重三郎はもう一度、小気味よく柝を叩いた。

七

北町奉行所のお白洲には、数人の男が集まっていた。

壇上には、奉行に代わって、吟味方与力が立ち会いのもと、長崎が険しい顔で座っており、男たちを睥睨《へいげい》している。男たちはなんの咎《とが》かも分からずに、差し紙一枚で、呼び出されたことに不快な態度であった。

——呉服問屋『越後屋』の主人・喜左衛門。

——小普請《こぶしん》方旗本の上杉頼母《うえすぎたのも》。

——両替商の主人・吉右衛門。

——大工・源三郎《げんざぶろう》。

——札差『泉州屋』主人・笹右衛門《ささえもん》。

——道場師範代・田坂安兵衛。

六人の男たちは、何が始まるのかと不安な様子だったが、

「年番方与力筆頭の長崎千恵蔵である」

顔は知らなくても、名前くらいは聞いたことがあるのであろう。長崎は素直に、一

人一人に問いかけた。

「『越後屋』といやあ江戸で屈指の呉服問屋。おまえさんが、若い女に入れあげてるとは、どういう訳だい」

「若い女……」

「若いって程ではないが、久枝のことだよ。この前、亭主が死んだとはいえ、おまえの奉公人の女房だ」

「久枝……？」

知らないと首を傾げた喜左衛門に、長崎は惚けるなと言って、

「根岸の寮で会っている女だ……おまえは、久枝が若い頃から、手をつけていた。それを、佐五郎にくれてやった。そうだろう」

「…………」

「妾も作らず、真面目に暮らしてきたそうじゃないか。それほど女房に惚れてたんだろうが、あの女だけには参っちまったか」

「ええ、まあ……」

久枝は『越後屋』に奉公していたのだが、手を付けたものの、娘くらいの年だったから、手代の佐五郎の嫁にした。むろん、佐五郎は〝お手付き〟とは知らないが、喜

んで貰った。だが、佐五郎と一緒になってからも、喜左衛門のことを父親のように慕っており、密かに男と女の関わりを続けていた。子供ができないのが幸いだった。月に二度か三度、根岸の寮で逢瀬を重ねた。腐れ縁とはこのことだと思っていたが、不思議と佐五郎を裏切っている気持ちはなかったと、喜左衛門は言う。

「なるほど……俺もあやかりたいものだ」

長崎はあっさりと聞き流してから、

「では、上杉様。あなたが密会している女とは……どのような女ですかな？」

「何かの詮議かと思えば……帰らせて貰う」

怒りを露《あら》わにしたが、長崎は丁寧に、

「そうおっしゃらず。これは、佐五郎という呉服問屋手代頭、並びにお恭という一膳飯屋の女将の殺しに関わることですので、どうか、どうか」

と丁重に訴えた。

上杉は、小普請組、つまり無役とはいえ旗本の身である。町奉行所に来ることすら嫌だと断れる立場だが、北町奉行を通じてのことだから、仕方なく来たのだ。

「俺の茶会に、下女として来ていたに過ぎぬ。まあ、美しいゆえな、女房にしたいくらいだったが、亭主がある身だと知っていたから、手はつけておらぬ」

「まこと？」

「そこの越後屋とは違う。男は女に惚れるとき、寝たいと思うだけではない」

「で、名はなんというのでございます？　女の名です」

「殺しと関わりがあるのか」

「上杉様が側女《そばめ》にしたい女は、佐五郎の女房です。しかも、その女房とやらが、亭主を殺したことに荷担してる疑いも」

「なんと……!?」

信じられぬと唇を嚙んだ上杉は、ゆっくりと目を閉じた。

「亭主を殺した訳は」

「分かりません」

あっさりと返した長崎を、上杉は何も言わずに俯いた。長崎はしばらく見ていたが、隣の両替商に目を移した。脂ぎった顔で、まだ若そうだった。同じように久枝との関わりを訊くと、

「そのような女は知りません」

「知らない？」

「久枝とおっしゃられておりますが、私は知りません。佐五郎という者も」

「おまえと深い仲にあった女のことを聞いておる。独り者ゆえ、別に誰に遠慮もなかろう。いかにも女好きのする色男っぷりの噂も聞いておる。そんなおまえを虜《とりこ》にした女とは、どんな女だった」

長崎は淡々と訊いたが、吉右衛門は鼻白《はなじろ》んだ顔で、

「どうってことのない女だ。体だけが狙いだったのでね。あの吸い付くような感じが忘れられないってとこか」

「色香に惑わされたというわけか」

「惑わされたなど……」

「おまえは、かなりの金を取られてるはずだが？」

動揺する吉右衛門を、長崎は睨みつけて、

「まあ。自分の金を使ったのだから、誰も文句は言わないが、バカバカしいと思わなんだか……久枝とはそういう女だ」

小馬鹿にしたように長崎は笑うと、その隣にいる大工の源三郎に尋ねた。どこにでもいそうな真面目そうな中年の職人だった。

「可愛い女でした」

と答えた源三郎に、吉右衛門が淫乱だとぼそりと言うと、

「そんな女じゃねえ。あの女は、生まれも育ちも哀れで可哀想な女なんだ」

そう大声で言った。だが、長崎はあっさりと、

「久枝は、おまえが思っているような女ではない」

そう言って、源三郎をきちんと座らせた。震えながら久枝を庇うような源三郎を、男たちはじっと見ていた。

「長崎様……これはどういうことなんです。本当に、みんな、久枝と関わりがあった男たちなんですか」

源三郎は拳を握りしめて、

「みんなの話しぶりじゃ、久枝はろくでなしで、不義密通を楽しみながら、亭主を殺す酷い女じゃありませんか。けど、俺の知ってる久枝は違う。亭主なんかいねえし、親父の借金に苦しんで、身売りをしていた可哀想な女なんだ」

「それも別の顔だろう」

「一緒に長屋に住んでたのは、何年かぶりに再会した兄だと聞いてる」

「兄が死んだと言ったのか？」

「知らなかった……旦那から呼び出されるまでは。実は、ゆうべ会うことにしてたんだが、来なかったから、心配でよ……そしたら、久枝の話をしたいっていうから来た

のに、こんなことになってるなんて、何かの間違いだ、これは」

懸命に話す源三郎に与《くみ》するように、札差の笹右衛門が口を挟んだ。

「久枝ってんですか？」

笹右衛門は長崎に頭を下げてから、

「浅草御蔵で、札差をしている者ですが、私がつきあっていたのは、お小夜《さよ》という女です。小さな飲み屋をやっていたとか」

「飲み屋ねえ……お恭のことじゃねえよな」

「いえ、久枝さんでもお恭でもありません。お小夜です」

「で……？」

「昨年の冬……雪の夜でした。隅田川に身投げしそうなところを助けて……聞けば、亭主が多額の借金をして困っている。もう死ぬしかないとか」

「なるほど、そっちにはそういう話か」

「ですから、とりあえず店に連れ帰って、話を聞いてやって、五両ほどあげました」

「親切だなあ」

長崎が淡々と言うと、笹右衛門は首を振ってから、

「不思議なことに、数日後には、百両もの大金を、お礼だと言って持ってきたのです。

私は驚いて、そんなもの受け取れないと言ったのですが、『あなたが助けてくれたお陰で、事情がガラリと変わった』と恩返しをしたいと言い張るのです」

「鶴の恩返し、いや女狐の恩返しか」

「そのお陰で、実は武家から金が返って来ないので、火の車だったのですが、急場は凌げたのです。ですから、長崎様。決して、お小夜は悪い女じゃありやせん。少なくとも私にとっては」

笹右衛門が言い終わると、すぐに田坂も納得するように頷きながら、

「――同じ女のことかどうかは知らぬが、私の道場に時折、訪ねて来ていたお小夜も、まるで観音様のようだった。剣術に励んでおる若者たちは、決して裕福な家に育った者たちばかりではない。むしろ、貧しいゆえに、剣で身を立てて世の役に立ちたいという篤志を抱く若者の集まりなのだ」

と長崎を真摯《しんし》な目で見つめた。いかにも武芸家らしく正々堂々としており、己の話には嘘偽りがないという面持ちだった。

「御一同。話を聞いていて、同じ女について話しているとは思えないが、私にも心をときめかせる女がいる。控えめで、おとなしく、それでいて芯の強い……まさに武芸者を支えるに相応しい女だ」

「……その女とはどうして？」

「知り合ったかというと、ある大雨の日、ずぶ濡れで走っているのを見かけましてな、誰かに追われているようでした」

「誰かに？」

「ああ。ぶるぶる震えているだけで、なかなか事情を話そうとしないので、道場に連れて行って着替えさせ、茶を飲ませて落ち着かせると……」

どうやら亭主に乱暴を働かれ、とにかく逃げなければ殺される、そう思って必死だったというのだ。亭主がどこの誰かは決して話そうとしなかった。その訳を聞くと、

「あなたは正義の塊のようなお人……そのような人に、私の亭主の話をすれば、きっと斬り殺すに違いありません。そんなことをすれば、幾ら相手が町人でも、殺しの汚名をかぶらなくてはいけない。一生がめちゃくちゃになるかもしれない。あんな亭主のために、あなたが嫌な思いをすることはない」

そう言って自制したという。それは亭主を恨みながらも、命だけは助けたいという思いやりにも見えたと田坂は言った。

「さあ、それはどうかな。本当は殺して欲しかったのかもな……嫌な亭主を」

と長崎が含み笑いをしたとき、大工の源三郎だけが目を落とした。

「どうした、源三郎……おまえも、亭主殺しを頼まれたか」

「…………」

「違うのかい」

「誰の話をしているのか、分かりません」

源三郎が俄に不機嫌になって何か言いかけたときに、長崎は壇上から降りた。

「女はおまえにさりげなく、亭主殺しを持ちかけた。はっきりと手を下せと言ったんじゃない。それとなく、おまえが亭主に手を下すようにし向けたんだ」

「………！」

長崎は源三郎の肩を押さえつけて、

「おまえは、『深川屋』という蕎麦屋で、誰かに無理矢理、煙草を勧めなかったかい？」

「え……」

「新しい南蛮渡来のうまい煙草とか言ってな。それを吸ったがために、その男は胸が苦しくなり、介抱するふりをして、財布から薬を奪った。そうだろ」

「まさか。あの人が……久枝の亭主⁉」

「そうだ」

「お、俺はてっきり、久枝をつけ廻している、ならず者だと……！」

「久枝がそうし向けたんだろうよ」

と長崎は立ち上がると、

「詮議所には、久枝を呼んでいる。ちょいと見て貰おうか」

そう述べて、渡り廊下を案内した。数坪の中庭を隔てて、開けっ放しになった障子扉の向こうの土間に、女の姿があった。ほつれ毛が頬に絡んでいる。やつれて見えたせいか、男たちの目が同情で揺れた。

「見覚えがあるだろう」

男たちは誰も押し黙ったままだが、じっと久枝の顔を見ていた。

「自分の手は使わなかったが……あの女は自分の亭主を殺したのだ。そして、騙り仲間のお恭を殺した……かもしれぬ」

まだ、悪夢でも見ているような男たちは、誰も押し黙ったままだったが、誰ひとりとして、怨みがましいことは言わなかった。そんな情景を見ていた長崎は、

「――不思議な女だな……」

と小さく呟いた。なんとも言えぬ、気まずい冷たい空気が漂っていた。

八

その夜——長崎は、重三郎を呼んで、話を聞かせてやる労を取った。

あの『蔦屋』が話を聞きたいということに、久枝は乗ったのだ。大概の悪女というものは、自分が可愛い。有名な地本問屋に取り上げられれば、気分が高揚するのだろう。

亭主殺しをしたことに、疑いはない。

長崎が集めた男たちは、一応、顔を見た後で、「久枝という女は知らない」と断言したが、それは亭主殺しを曖昧《あいまい》にしようという思惑があったからだ。

「それほどまで、おまえのことを好いてるようだ。幸せな女だな」

長崎は牢内で、重三郎も同席させて、話を聞かせた。

「俺も随分と、色々な下手人を見てきたが、おまえは大したタマだな、本当に。久枝……という名も出鱈目かもしれねえが、長屋の者たちに聞いた話じゃ、おまえと佐五郎は幼馴染みだということじゃないか」

「…………」

「どうなんだ……ま、この蔦屋重三郎に話すがいい。おまえの嘘八百の人生を、面白く草双紙にしてくれるかもしれねえぞ。題名は何がいい、『毒女嘘上塗《どくおんなうそのうわぬり》』とでもするか」

「…………」

「人は誰でも少々の嘘はつくが、自分が何者かは分かってるはずだ……おまえは、どうなんだ。色々な男とやりすぎて、頭の中までめちゃくちゃになったかい」

「…………」

「それとも、てめえが、何者か分かってねえのかい」

問い詰める長崎に、久枝は答えた。

「――自分が誰か、分かっておりません。私の中には……私の中には、大勢の何人もの女がいるのです」

正座を崩さず、久枝はうつむき加減で言った。

その言葉に、重三郎は食いついた。

「自分の中に、何人もの女がいる……だと？」

「はい……でも、ひとりが現れると、他の人たちは、私の中で眠ったままです……ですから、一体、誰がどんなことをしているのか、他の人たちは知りません」

長崎は、頭がおかしくなったのではないかと、じっと見ていたが、重三郎は、

「いや……聞いたことがある。二重《ふたえ》、三重《みえ》と……色々な人間が、ひとりの体の中にいるって話は……」

「…………」

「では、おまえさんは……そうなのだな」

久枝はこくりと頷いた。

重三郎も引き込まれるように、じっと見つめていた。

「一九という奴が調べてきたんだが……浅草の寅蔵《とらぞう》……こいつは、どうなのだ」

「…………」

わずかに動揺した久枝だが、息は乱れず静かに繰り返されていた。

「こいつこそが、おまえの本当の幼馴染みだったようだな」

「…………」

「それともうひとり、お白洲にも出たが、浪人で道場師範代の田坂安兵衛……こいつとも、幼馴染みだったようだな……どうなんだ？　生まれ故郷は播州……」

「ご勘弁下さい……」

観念したのか、久枝は瞼をしばらく閉じてから、流し目になった。重三郎も長崎も

背筋がぞくっとなるほどの艶やかさだった。しかし、何処《どこ》かもののけが宿っているようにも見える。

「おふたりに言いますが……今、あなた方が知っている久枝は眠っております。でも、私は、この体の中にいる、他の何人かの女のことも、知っております」

「！…………」

重三郎と長崎を顔を合わせた。

「私は……この体の本当の持ち主の私のことです……」

溜息混じりに言って、久枝はほんのわずかに開いている、明かり取りの格子窓の外を見た。軒から雨だれが落ちている。音もなくいつの間にか、雨が降っていたのだ。

「人の心も天気と同じです……いくつもの気色《けしき》があるんです」

自分の故郷を思い出したのか、またしばらく目を閉じていた。

「酷い父親でした……博打と女……自分の商いが失敗してからは、盗みすらしていた」

「…………」

「おっ母さんは働きづめ。朝から晩まで野良仕事。夜は内職。手のひび割れに塩を塗り込むように働かされて、それでも金が足らないからって、夜鷹の真似事までさせられた。口答えをすれば、殴る蹴るされて、いつも痣だらけだった。私も年頃になったら、女郎屋に売り飛ばされ……これで、どうして男を信じることなんてできますか」

重三郎はじっと聞き入っていた。咎人が自分の罪を告白するのではない。自分の中にいる、色々な女の人生を語って聞かせているつもりなのであろう。久枝は、嘘か本当か分からぬ話を続けた。

「……三年の年季が明けて、家に帰ってみれば、父親は相変わらずの暮らし。私には労《いたわ》りの言葉ひとつなく、『別の女郎屋から話がきてるから、すぐに行け』って……その三年の間に、母親は死んでいたけれど、父親は葬式も出していない」

「で、女郎に逆戻りかい」

「まさか」

久枝はきつい目になって、

「その日のうちに家を出て、色々な所で転々と働きました。でも、世の中の男どもはなんだい……多かれ少なかれ、うちの父親と同じような者ばかり。親切に近づいたかと思えば、体を弄《もてあそ》んだり、逆らえば、身動きできないくらい殴る」

「…………」

「嫌な男ばっかりだ。だから、私は男を弄ぼうと思ったんだ」

る」

「おしとやかで、なんでも言うことを聞いて、相手の思うことをしてあげりゃ、大抵の男は、観音様みたいな女だと喜んだ。そして、なんだって言うことを聞いてくれる」

「…………」

「生きるために、そうやって偽《いつわ》ってきた。それが、弱い女の生き方なんだ。何処が悪いってんです、旦那」

「だがな……」

「聞いて下さいよ。それで、あるとき、気づいたんです。私の中には、私以外の色々な女が一緒に、住んでいるんだって」

重三郎は不思議な気持ちに囚われた。

同情しそうになったり、目の前の女の頭がおかしいと思ったり、いや、そういう不思議なこともあるのではないかと信じたり。重三郎と長崎は、これこそが、女の手口かもしれない、だからこそ、何人もの男をたぶらかしていたのだと思った。

「亭主には、済まないと思わないのか。おまえのために、悪さをしてまで大金を貯め込んでいたんだぞ」

「弄ぶ？」

「おかしなことを……はは、私のためですって……あはは」

　久枝は実に愉快そうに笑って、涙すら浮かべてきた。

「そんなにおかしいか？」

「ええ。これが笑わずにいられますか……あの人が私のために、お金なんか作るものですか。あはは。よく調べて下さいな」

「………」

「佐五郎さんも元は貧しい家の出。だから、どうしても、たんまりとお金が欲しかったのでしょう。信じられるのは金だけだと常々、言ってましたからねえ」

「そうかもしれねえが、その金はおまえのものになった。田坂と一緒に、とんずらするために、稼がせたんじゃないのかい」

「………」

「その手伝いを寅蔵や源三郎にもさせて、金を山分けしようとした。どうせ悪さをして稼いだ金だ。誰に遠慮があるものかとな」

「違いますよ」

「佐五郎はそれこそ真面目な奴だった。その男に、なんとかして大金をせしめさせるように、おまえはその弱々しい声で、従順なふりをして〝稼がせた〟んだろうよ……

その挙げ句に殺した」

久枝は黙ったまま、そっぽを向いた。しばらく静寂が続いたが、

「だったら、証《あかし》を見せて下さい。私が、殺したという証を」

「証拠なんかない。もしかしたら、佐五郎はわざと、心の臓の薬を飲まなかったのかもしれない……おまえが、他の男と関わりを持っていると知っていて……いつかは、こういう日が来ると承知で……わざと飲まなかったンだ……そうかもしれないと、俺は思ったよ」

「…………」

「つまり、佐五郎はおまえのことを、心から惚れていた。だから、おまえの『死んで欲しい』という心の声を聞いて、奴は自ら死んだのかもしれねえ」

重三郎はそう言って迫った。

だが、久枝はなんとも答えなかった。

長い間、沈黙があった。雨の音がすこしずつ強くなって、耳障りな程になった。

「――久枝……」

長崎がふいに声をかけた。

「佐五郎が、国松やお恭と組んで、荷を抜いて稼いだ金は奉行所で預かっておる。小

伝馬町牢屋敷にいる国松を、お恭殺しも含めて、調べておるのでな。お恭殺しについちゃ、源三郎が吐いたそうだ。幼馴染みの田坂も手伝ったそうだ。それぞれ、苦労を共にしたそうだからな……もちろん、おまえも一緒に」

「…………」

「佐五郎の死は奴の〝自害〟かもしれないが、それもおまえが願ったこと……まあ、それに罪はないが、お恭殺しはそうはいかない。厳しい調べになるから、覚悟しとくんだな」

「…………」

「おまえにとって、一番大事な男を……おまえは殺したも同然なんだ……それと、おまえの親父はまだ生きてる。体が弱っていて、おまえを頼りにしてるらしい」

「ええ⁉」

久枝は不安そうに唇を震わせて、

「お父っつぁんが生きてるのは本当なのですか。今更、なんで、そんなことを私に言うのです。あんな酷い男……」

「酷い……なんだ」

「あんな奴、殺して下さい……いいえ、私が殺しに行きたいくらいです。私たちが

「……」

そう呟いて、久枝は泣き崩れた。

私たちが——と言ったことに、重三郎と長崎は唖然となり、黙って見ていた。前のめりになって、背中を丸めて小さくなって、自分はどうして運が悪いのだと、久枝は呟いた。そして、この上まだ、父親につきまとわれるくらいなら、早く死罪になった方がいいと嗚咽《おえつ》した。

重三郎はそっと手を伸ばして、久枝を立たせてから、

「——今のは余計な芝居だったな」

「え……？」

「おまえには父親なんぞいないはずだ。生まれたときには、もう流行り病で死んでただろう。酷い父親の話はすべて作り話。俺に情けをかけさせようとしたのだろうが……でなきゃ、本当に悪い父親がいたと思い込んでいるのだな」

どういうことなのかと、久枝は探るような目になって、しばらく重三郎を見つめていた。しかし、うんともすんとも言わない重三郎を凝視して、

「なぜ……そんなことを言うのです。私は本当に……」

「父親に酷い目にあったか」

「は、はい……」

「なら、それでいいじゃないか。どの道、あんたは死罪だ……面白い話だった。あんたが戯作者なら、てめえの体の中に、何人もの女がいるって話を書いて、沢山、売れたかもしれねえな」

重三郎が背中を向けて牢から出ると、久枝は俄に不安になったようで、

「嘘じゃないですよ。本当の話ですよ。ねえ、聞いて下さい。お願いですッ」

と縋るように言った。

重三郎の言い草には、どこまで知っていて、何を知らないのかが分からない不気味さがあった。すべて偽りを言い続けてきた久枝には、それが不安だったのだ。

ゆっくりと振り返った重三郎は、にこりと微笑みかけた。

「処刑されるまでには、本当の話をしたらどうだい。そしてよ、一九が……本当のおまえの心の中の話を書くから、安心しな」

カッと頬を赤くした久枝は、呆然と座り込んだまま、

「本当の私ってなんですか……教えて下さいよ、旦那……ねえ、蔦屋の旦那……」

と消え入る声で言って、後悔の涙か、はらはらと泣いた。やがて、その長い吐息も、雨音に消されてしまった。

第四話　裏始末の掟

一

「おまえ、なかなか、料理も上手《うま》いじゃねえか」

「これからは、厨房《ちゅうぼう》で頑張れ」

「ああ。絵の才覚もあるが、女なんだから、たまには飯を作りな」

珍しく、お楽が昼飯を作ったから、『蔦屋』の手代たちは、手間が省けたと妙に喜んでいた。

昼飯といっても、深川飯《ふかがわめし》もどきである。あさりのむき身と、豆腐、油揚げ、葱《ねぎ》などを混ぜて味噌で煮込んだだけのものに、冷や飯を混ぜて食べるだけだ。江戸の朝炊き、上方《かみがた》の昼炊きというから、江戸では昼間は冷や飯になるが、それに〝ぶっかけ〟て食べれば、なかなか美味《うま》いのだ。

「大したもんだ。これで、おまえも『蔦屋』の奉公人と認められるな、お楽」

手代役の馬琴が声をかけると、お楽は冗談ではないと首を振って、

「私はね、別に飯炊きをするために、ここにいるんじゃないんです」

「分かってるよ。いつかは、俺たちみたいに、立派な戯作者になりてえんだろう」

「馬琴さん、あなた立派ですかね。まだまだだと思いますが。もちろん、一九さんも。でも、私は戯作者なんて、なろうとは思っていません」

つんと鼻先を上げるお楽に、傍らにいた一九が返した。

「だったら、なんだ。浮世絵師か。そういや、役者絵を描きたいなんて言ってたな。おまえねえ、少々、筆が立つくらいで、歌麿さんみたいになろうってのは十年、いや百年早いってもんだ。まずは俺のように、歌舞伎や狂言、謡曲や浄瑠璃、それに落語なんかも沢山観てだな、真似をしなきゃいけねえ……それから、筆耕《ひっこう》や版下《はんした》描き、ちょっとした挿絵はもとより、摺り方だの綴り方だのも覚えなきゃ、一端《いっぱし》の物書きにも絵師にもなれねえんだよ」

「男のくせに、説教が長いねえ。あたしはね、そんなンになりたいんじゃないよ」

「じゃ、なんだよ」

また一九がムキになって言い返そうとしたとき、奥から重三郎が出てきた。またぞろ何か、裏の話をしていたのか、歌麿が一緒である。その匂いを嗅ぎ取ったのか、お楽はすすっと重三郎に寄り添うようにして、店から一緒に出て行った。

「じゃ、歌麿さん。新しい美人画、宜しくお願い致しますよ」

見送った重三郎は、店に入らず、取引先へ行くからと通りへ歩き出した。

「私もお供しますよ」

お楽が後ろからついて行くと、

「おまえさんは、昼餉の片づけをしてから、木版を彫る練習もしておきなさい」

「もちろん、しますが……その前に、どうか、どうか、弟子入りさせて下さい」

「弟子……？」

「はい。私もちゃんと仕事をしたいんです」

「気持ちは分かるがな、焦るのは禁物《きんもつ》だ。おまえはまだまだ若いんだから、地道に物事を覚えなきゃならない。さっき、一九もそんな話をしていたようだが？」

「──そっちではありません」

じっと背中を見つめて言うお楽を、重三郎は歩みを止めて振り返った。

「なんだ？　そっちではないとは、どういうことだい」

重三郎が首を傾げると、お楽は意志が強そうな目で、地べたに土下座《どげざ》をして、

「誰にも言いません。私、これでも口が堅いです。どんな我慢でもします。だから、どうか、私も仲間にしてやって下さい」

「何を言い出すんだ……飯炊きが不満なのかね。絵師になることも、教えているつもりだがね。なんなら、歌麿さんのところで、厳しくやって貰おうか」

「…………」

「まだ、その段階じゃないから、もうすこしきちんと修行をしてから、歌麿さんに頼もうと思っていたのだがね。さあさ、そんな所に座ってないで立ちなさい。若い娘がみっともない」

重三郎が手を差し伸べると、お楽は膝の土を払って立ち上がり、

「ですから、そっちではなく……裏の稼業のことです」

と耳元に近づいて声をひそめた。

「⁉――――」

「私、気づいているンですよ。だって、みんな……」

話を続けそうなので、重三郎は咳払いをして、

「何を勘違いしているか知らないが、私には裏も表もありませんよ。あれこれ言い訳

をして、仕事をしない者に無駄飯を食わせるわけにはいかない。修行するのが嫌なら、やめたっていいんだよ。ああ、そうしなさい」

と吐き捨てるように言って、そのまま歩き去った。

だが、その夜も、書見をしていた重三郎の部屋に来て、お楽は土下座をして、

「どうか、お願いです。よろしくお願いします」

と頼み込んだ。が、重三郎は、

「ならん、ならん」

にべもなく断った。それでも、しつこく土下座をしているお楽の姿に、馬琴は見かねたように、その横に座って、

「旦那さん……ここまで頼んでるんだ。まだ拙《つたな》いかもしれないが、描かせてやったらどうですか。俺からもこのとおり……」

「余計なことを言いなさんな」

「でも、こんなに頼んでいるのに……」

「だよね。馬琴さんも認めてくれるよね、私が裏始末に加わることを」

「えッ……」

馬琴は困ったように目を逸らした。

「ほら。馬琴さんだって、やってるんだから、私がやったっていいでしょ？」

「あ、いや、俺は……なんのことだか、よく分かンねえな……さてと、湯屋にでも行ってくるとするか。今日も働いた、働いた」

とバツが悪そうな顔で立ち去った。

重三郎も溜息混じりに言った。

「おまえは、何か思い込んでいるようだが、私は何も……」

お楽はおかしそうに笑うと、膝を進めて声をひそめるように、

「今の馬琴さんの態度だって、おかしいでしょ？　私、本当に役に立ちたいんです。世のため人のために働きたいんです」

「勘違いをするな、お楽……」

真顔になった重三郎は、きちんと向き直って、

「おまえは本当に何か誤解をしているようだ。私や京伝、馬琴たちが色々話をしているのを聞いて、何やら裏でやっているように思ってるのだろうが、すべて空話《そらばなし》だ。次の戯作をどんな物語にするか、絵をどんな仕掛けにするかなどを話しているだけなんだよ」

「嘘です」

あっさりと、お楽は返してきた。

「だって、私、色々と垣間《かいま》見てしまいました。そりゃ、まだまだ子供の私には分からないような大変なことがあるんでしょう」

「…………」

「けどね、私はこうして世の中に絵草紙や浮世絵を出して人を喜ばせながら、その裏で、本当に許せない悪い奴を炙《あぶ》り出して懲らしめる旦那さんのことが、とても凄いと思うんです。ですから、私も……」

「くどいね、お楽。その話も、絵空事だ。現実には辛くて悲しいことが沢山ある。だからこそ、私たちは腹の底から元気になるものを作らなきゃならない」

「それも分かってます。でも……」

「でももへちまもない。私たちはただただ、人を楽しませるものを作っているだけなんですよ。ほんのひとときでも、浮き世の憂さを晴らせるような絵空事をね」

お楽は納得できない顔で、頬を膨らませていたが、重三郎は優しく、

「さあ、もう遅いから、寝なさい。明日の朝は、また御飯を炊いて貰うからね」

「…………」

お楽は暗く澱んだ顔になって、

「何度でも、言いますよ……だって、私の二親は、誰も助けに来てくれなかった……死ぬほど困っているのに、悪い奴がのさばって、役人までがぐるで……」

「……」

「正直者がバカをみて……貧しい人や可哀想な人だけが、いじめられて……生きてるべき人が殺されて……死んでもいいような悪辣《あくらつ》な奴らがヘラヘラと生きてて……そんな浮き世ばかりを見てきた」

「……」

「郭だってそうだった……女たちは牛馬のように働かされて、楽しみといえば、たまに窓を開けて、月を眺めるくらいで……ちょっとした失敗で殴られて、蹴られて……髪をひっ摑まえられて引きずられて……でも、誰も助けてくれなかった」

「お楽……」

「でも、蔦屋の旦那さんだけは違った……見知らぬ私を助けてくれた……その上、こんないい着物着せて貰って、おいしいおまんまを食べさせてくれて、好きな絵も描かせてくれて、私は果報者だ」

「……」

「だから、私のように幸せになれる人を、もっと増やしたいンだ……酷い目に遭っている人を、私は助けてあげたいんだ……それだけなんですよ、旦那さん」

切実に語ったお楽だが、重三郎はじっと黙ったままだった。

「おまえを助けたのは、たまさかのことだ……生きてりゃ、おまえくらいの娘がいたからだ……それだけのことだ」

「旦那さん……」

「可哀想な人や貧しい人を助けるのは、本当なら、お上《かみ》の仕事のはずだ。けど、世の中、とち狂っちまって、お上が弱い者虐めをしてる。だがな、お楽……私たちができることなんざ、微々たるものだ。苦しんでいる人は無数にいるが、私たちは、その棘《とげ》の一本も抜けやしねえんだよ」

「……」

「だから、そんな妄想はやめて、おまえが今、やるべきことに精進《しょうじん》しなさい。それが一番の道なんだ。いいね……分かったら、布団に入って、よく自分のことを考えてみることだ」

ゆっくり腰を上げて、重三郎は縁側に出ると、空を見上げた。あいにく雲が広がっていて、月は拝めなかった。

「ああ、よかった……」

重三郎がしみじみ言うと、お楽の顔がえっとなった。

「おまえはね、私にとっちゃ、かぐや姫かもしれない……満月になれば帰ってしまうかもしれない……それまでは、ちゃんと育って貰いたいんだ。絵師としても女としてもね」

「…………」

「かぐや姫が行ったように、いつかはあの月に人が行けるようになるかもしれない……そんな世の中になれば、人はみんな、争い事もせずに、幸せに暮らしているでしょうな……ああ、そりゃいい。今度は、そういう話を馬琴にでも書かせますかな」

そう言って笑う重三郎の背中を、お楽はじっと見つめていた。だが、まだ諦めない顔で、キッと唇を結んでいた。

二

呉服橋門内の北町奉行所には、米穀問屋組合の主人たちが押し寄せていた。応対に出ていた長崎千恵蔵の前には、今にも殴りかかりそうな江戸で屈指の『紀州屋《きしゅうや》』紋左衛門《ざえもん》らが、必死に声を上げていた。

「奉行所はどう対処してくれるのです」

「助けて下さい。あまりにも酷いではないですか」

「こんなに米相場が崩れてしまっては、商いになりません」

「大損でございます。堂島《どうじま》の米会所では、何をしているのですか。なんとか昨年ほどの値になるよう、お頼み申し上げます」

長崎は困惑した顔で諸手《もろて》を挙げて、

「待て待て。そう一度に言うな。市中取締諸色調掛《しちゆうとりしまりしよしきしらべかか》りとも相談の上、他の物価とともに安定させるべく、鋭意、頑張っておるから、しばらく待っておれ」

「そんな暢気《のんき》な！　お役所がぼんやりしている間に、相場が総崩れで、うちはもう潰れてしまいます。百両で買ったものが五十両の値うちもないなんて、どうするのです。これは、お上の采配が悪いのです。どうにかして下さいまし！」

懸命に訴える米穀問屋たちに迫られて、奉行所を代表して出てきていた長崎は、足がもつれて仰向けに倒れてしまった。

「あ、あぶないですぞッ」

周りには同心たちがいて支えようとしたが、倒れたまま起き上がれない。それほど、商人たちの勢いは止まらなかった。

「おいおい！　これ以上の騒ぎにすると、こっちにも考えがあるぞ！」

長崎は血相を変えて叫んだ。

「貴様ら！　奉行所を焼き討ちにでもするつもりか！」

「まさか。さようなことは決して……」

「だったら、静まれ！　かようなことは、町年寄を通して訴え出てこい！　一度に来られても、どうしようもあるまい！」

憤慨しながら叫ぶと、『紀州屋』が取りなしていたから、米穀問屋たちもすこしは落ち着いた様子で冷静になったが、嘆息はどんよりと澱んでしまった。

元々、米の相場が崩れたことを、町奉行所に訴えても詮《せん》のないことである。市中取締諸色調掛りといっても、江戸の物価と米価の均衡を調べるのが仕事であるから、米会所のことは勘定奉行に訴え出るのが筋である。だが、問屋組合としては、町奉行所へ対処を申し上げるしかなかったのだ。

しかし、町奉行所では、何か有効な対応をするでもなく、盥《たらい》廻しにしているようなものであった。だからこそ、長崎は自ら、米穀問屋組合肝煎《きもい》りの『紀州屋』から、改めて話を聞く機会を設けた。

「長崎様、どうか、みんなの声を聞いて下さいまし」

曖昧に頷く長崎に、『紀州屋』の方が高飛車《たかびしゃ》に出て、

「いいですか。必ず値が上がるからと言って、米穀問屋肝煎りの『江戸屋《えどや》』さんから、大量の米を〝掛け売り〟で買わされたのでございます。ところが、その直後から、相場が急に崩れまして……これでは、繰り返しますが、私どもの店は、組合のほとんどの店は潰れてしまいます。お上の力で、なんとか相場を戻して下さい」

「それは無理な話だ。相場というものは、米会所で、米切手の売買によって、市場の動きによって決まるものだから、公儀が介入すれば直ちに戻るというものではなかろう」

堂島米会所での年貢米の扱いは、正米取引と帳合米取引があって、いわば現物取引と先物《さきもの》取引の違いがある。今般の事件は、先物取引ではなく、正米取引という現物に関わることだから、問屋筋にとっては直に影響があるのである。

「まあ、奉行所としても、庶民の暮らし向きのためには、なんとか善処するが、お上が値を決めるのは難しいな」

懸命に答える長崎だが、自分たちの商売の失敗を奉行所に訴えてくるのも、身勝手なものだと思っていた。そもそも、「米の値が上がる」という前提で仕入れること自体、納得できるものではない。安く仕入れて高く売るのが商売とはいえ、それによっ

て生じる損害は、自分で処理するべきであろう。

「ですが長崎様！　『江戸屋』の証文には、払えなかったときには、うちの店を差し押さえるとあります……このままでは私どもは破滅でございます。どうかお助けを！」

　たしかに、乱暴な取り引きではある。米の値は他の物価にも影響するから、あまり安くなりすぎると困る。長崎は、担当の同心を呼んで協議をしたが、

——商人同士が交わした証文に関しては、お上は関わらない。

という基本原則を伝えた。当人同士で解決しろというのだ。それでも解決しないときには、出入筋《でいりすじ》によって訴えるしかない。つまり、民事裁判のことだ。

「皆の者。なんとかしてやりたいのは山々だが、その辺りのことをよく考えて、訴え出るがよい。これは、米相場の問題ではなくて、『江戸屋』とおまえたちとの間の厄介事であろう」

　そう言って、長崎は追い返したが、こういう役目はあまり好きではなかった。なんだか自分が悪いことをしたような気になるからである。とはいえ、商売上の借金の証文で、差し押さえるというのは、明らかにおかしい。米の極端な値下がりの裏にも、何かカラクリがあるかもしれぬと、長崎は思った。

そこで、すこしばかり、『蔦屋』の面々も一緒になって調べてみた。

すると——『江戸屋』は米穀問屋肝煎りとして専横的であると問屋仲間から批判されていた。〝江戸〟だけでの米の値を操って、大儲けを企んでいた節もある。ならば、他の問屋に怨まれても不思議ではない。もっとも、値崩れで怨まれては、売った方もたまったものではない。売買には、どちらにも経済的な危険はつきものだからだ。

「それにしても、ひどい世の中だ。だから、お楽も、悪い奴を懲らしめたいなんて、言い出すんだろうな」

と重三郎は思っていた。

実は、『江戸屋』の名を長崎に聞いてから、気になっていたことがある。いつだったか、地本問屋仲間との寄合のときに、

——ある米問屋の娘が殺された。

というのを聞いたことがあるからだ。

その理由は、岡場所に売り飛ばされそうになった娘が、惚れた男とふたりで逃げたのだが、途中で心中をしたのだ。つまり、身売りをされるくらいなら、死を選んだ方がいいと思ったのだ。その遺書も残っているとのことだった。

そのことに、重三郎はどこか引っかかっていたのだ。

『江戸屋』はさすが大店中の大店だけあって、同じ日本橋の中でも目立つ店構えで、人の出入りも激しかった。毎日が、祭りのような賑わいで、米問屋なのに普請場や市場のような勢いがあって、常に大声が飛びかっていた。

そんな様子を見ていた重三郎の目に、ポンと『江戸屋』から飛び出てきた娘の姿が飛び込んできた。

「――お、お楽！」

同時に、お楽の方も重三郎に気づいたかのように、

「旦那さんも、やはりここが気になってたんですね」

「おい。どういうつもりだ……」

「えへ」

「――えへ、じゃねえよ」

「私も旦那さんと同じ考えだってことですよ。じゃあね」

屈託のない笑みを投げかけると、重三郎の前をすこしだけ躊躇するように礼をして、立ち去っていった。跳ねるように揺れるお楽の帯を見送りながら、

「まだ分かっちゃいえねな、あのやろう」

と重三郎は舌打ちした。

三

その夜、『蔦屋』に帰ってきたお楽は、米穀問屋のことを色々と調べてきていて、どの店とどこが仲が悪いだの、あの店は悪いことをやってそうだのと、仕入れてきた噂話を一所懸命話して聞かせていた。

「ねえ、馬琴さん。『江戸屋』ってのは、絶対に悪いことをしてるよ。だって、米相場が下がると知ってて、高値で同業者に売りつけてたンだよ。しかも、掛け売りにしてやったとこもあって、そいつらには『店を寄越せ。それができないときは、女房娘を岡場所で働かせる』なんて無茶な証文まで書かせてたンだよ。これって、明らかにおかしいでしょ」

興奮気味に話して、いかに『江戸屋』が悪さをしているかを訴えた。

「しかも、この店の主人の徳兵衛《とくべえ》って人は、問屋仲間であっても平気で借金を取り立てに行って、困らせてばかりだって。全然、徳なんてないのに徳兵衛なんて、嫌な奴だよね。こういうのに限って、お役人に賄賂《まいない》なんか渡して、いい目をしてるんだよ。そう思わない。ねえ、馬琴さん」

「――おまえ、いつから瓦版屋になったんだよ。そっちがやりたいなら、紹介してやろうか、お楽ちゃんよ」

「なに、その言い草。絵草紙だって、黄表紙だって、そういう話、書くでしょ？」

「いいから、ちゃんと仕事しろ」

「偉そうに何さッ。あんただって、本当は気になるくせに。『江戸屋』が悪いことをしてるってことに」

ふて腐れたように言ったお楽に、奥から出て来た重三郎が叱りつけた。

「いい加減にしねえか。おまえ、誰に向かってものを言ってるンだ。馬琴はおまえよりだいぶ年上だし、古株なんだ。謝れ」

「あ、はい……済みません」

一応、素直に謝ったものの、お楽は重三郎のそばに寄り添って、

「でも、やっぱり私だって、やりたいんだよ。裏の仕事……悪い奴は許せないんだよ。分かるでしょ、お父っつぁん」

「お、お父っつぁん……って言うな」

重三郎がバツが悪そうに馬琴を見ると、くすくすと笑っている。構わず、お楽は、

「ねえ、お父っつぁん」と連発して、

「どうしても、役に立ちたいんだよ」

しつこく迫ってきた。

「だから……！」

重三郎はお楽の肩を押さえて座らせると、

「それは、おまえの妄想だって、この前も話しただろうが」

「いやだ！　裏始末でも弟子にしてくれるまで、私、梃子でも動かないからね！」

お楽は重三郎の腕を払いのけて、二階へ駆け登って行った。

「まったく……」

溜息になる重三郎に、馬琴は言った。

「あの調子じゃ、当分……旦那さんも、考え直してやってもいいんじゃや？」

「危ない真似をさせられるかよ」

「まあ、そうですが……あれだけ言ってるんだし」

「こっちが危ないンだよ。下手《へた》を踏まれたら、俺だけじゃねえ。おまえたちみんなに迷惑をかけることになる」

「旦那……俺たちゃ別に迷惑だなんて、ちっとも思ってないですよ。みんな、一蓮托《いちれんたく》生《しょう》じゃないですか」

ぼそぼそと言う馬琴を、重三郎は目を細めて見ていると、また笑った。

「何がおかしいんだ」

「お父っつぁんって言ってたけど、案外、似たもの同士だと思ってね」

「あいつとか？」

「まだ、うちに来て間もないってのに、なんだか、ずっといるような気がする。旦那さんとも、本当の父娘《おやこ》に見える。それに……」

「それに？」

「旦那も、どこか生き生きとしてる」

「まさか」

と言いながらも重三郎が、まんざらでもない笑みを浮かべると、馬琴が声を潜め、

「俺も、ちょっと耳にしたんですがね……」

そう言って製本作業の手を止めて、向き直った。

「大袈裟なことじゃない。主人の……たしか徳兵衛でしたかな……あまりいい評判を聞きません。贅沢三昧《ざんまい》の暮らしぶりだとか、何人も妾を囲っているとか」

「ほう……」

「米穀問屋といやあ江戸の商いの要《かなめ》だ。それが沢山、店を手放すとなれば、小売りに

も他の商いにも皺寄せがきて、うちのような地本問屋はあっという間に、飲み込まれてしまうでしょう」

「まあな」

「今日、昔馴染みの栄吉《えいきち》っていう奴と、飯を食ったんです。そいつも、小さな米問屋に奉公していましてね、此度の値崩れというか、相場の下落には頭を抱えてました」

ふたりで入った蕎麦屋は、上野不忍池そばの三味線堀の目の前にあって、近くには武家屋敷もあるが、茶店や釣り堀もあったりして、実に雑多な所だ。だから、色々な世相を伝える話が入ってくるから、馬琴は時々、足を運んで、色々な店で時を過ごすことがあるという。

「その栄吉の話では、お楽が言っていたように、『江戸屋』には、怪しい動きはあるようです。まあひとり勝ちと言えばそれまでですが、どうも裏には大変な人がいるようで」

「大変な、とは？」

「まだ分かりません。でも、米相場を予《あらかじ》め知っていたとなりゃ、それなりの確かな筋から話を仕入れていたってことでしょう」

「まあな」

「だから、俺もちょっと調べてみようと思いましてね」

「そうか……だが、お楽は巻き込むなよ」

重三郎は念を押したつもりだが、馬琴はそれには返事をせずに、

「旦那さん。この話はしたかどうか忘れましたが、俺は丁度《ちょうど》、お楽くらいの頃、放蕩無頼の暮らしをしてましてね……時々、今日、行った不忍池あたりで、ならず者相手に暴れてたら、白い髭の妙な老人が近づいて来ましてね、エイッと気合をかけられたんですよ」

「気合を……？」

「ええ。なんだか、子供のような小さな爺さんだったんですが、一瞬にして体が動かなくなって、その間に、ならず者にボコボコに殴る蹴るをされましてね……気がついたら、池の畔《ほとり》に寝かされてました」

肌寒い季節で、不忍池に広がる葦の原の向こうに真っ赤な夕陽が沈むのが見えたという。その傍らには、先刻の老人がいて、髭を撫でながら、

「暴れるのはいいが、非道はいかん。そんなに力が有り余ってるのなら、正義のために使いなさい……なんて、ぬかしやがる。こっちは、体中が痛くてずきずきしてて、立ち上がるのもやっとでしたが……俺に気合をかけて動けなくしたのは、あのまままだ

ったら人殺しになっていたから止めてやったのだと、その爺さんは言うんです」

「なるほど。ならず者を斬るところだったんだろうな」

「まあ、あんな奴らのひとりやふたり、殺したところで、塵を片づけたくらいに思ってました……が、その爺さん、どんな人間でも命はひとつだ。殺さないで生かす道を考えよ。それが本当の人の道だ……なんて、説教をしましてね。なんとか、体が動くようになって、辺りを見廻すと、すっかり暗くなっていたんですが、爺さんの姿はなく……」

「不思議な話だな」

「それからなんですよ。妙に憑《つ》きものが落ちたようになって、すこしは世の中に役に立ちたいとね……でも、蔦屋の旦那に会って、戯作だけじゃなく、裏始末に関わるようになってから、思い出したんです」

「爺さんのことをか」

「ええ。相手の命を奪ったり、怪我をさせたりするのは簡単だ。ましてや、正義の名のもとに殺したりすることは言語道断だ。けどね、なんとかして、思いとどまらせたり、反省させたりすることはできるんじゃないか……俺はそういうつもりで、裏始末を手伝ってる」

「…………」

「だからというわけじゃないが、お楽にもその気持ちで生きて貰いたい。お楽にだって、裏のことは何も知らねえと押し通したところで、納得はしないでしょう。下手すると、あいつは勝手に何かするかもしれない。その方が危ないと、俺は思いますけどね」

「そうかな……」

「ええ。俺が旦那さんと出会ったように、お楽も旦那さんと出会った。出会ったものは、しょうがないんじゃありませんか？」

「しょうがない？」

「無理に引きずり込むことはありませんが、無下《むげ》に突き放すこともない……なるようにしかならない……そんな気もします」

「ふん。知ったふうなことを……」

重三郎は苦笑いをしながら、馬琴を見つめ返した。

翌日——千代田城の御堀端で座り込んでいるお楽に、重三郎は「おい」と声をかけた。昼飯も作らずに、ぷいといなくなったから心配をしたのだ。

「なんだ、旦那さんか」

　お父っつぁんと言った口調よりも冷たい感じだった。

「黙っていなくなると、みんなが心配する。さあ、帰って仕事をしな」

「…………」

　じっと座ったまま動かないお楽の肩を、重三郎はポンと叩いた。

「おかしいよね」

「なにが」

「町場の人はせかせか働いているのに、この千代田の城の中は、どうなってるんだろう。お百姓さんが一所懸命、働いた米を只で貰って、安穏と暮らしているのかな」

「お侍にはお侍の事情もあるんだろうよ」

「どんな事情？」

「――余計なことを考えずに、おまえがやるべきことをやれって、言っただろう」

「私がやるべきことって？」

「役者絵を描きたいンじゃないのか。だったら、沢山芝居を見るとかだな……」

「私、ただ格好いい役者とか綺麗な女形なんかを描いても仕方がないと思うンだ。なんというか、世の中の色々な毒気を溜め込んでいるような、言葉にならない怒りというか……そんな絵じゃなきゃね。歌麿さんみたいな綺麗な絵なんて、好みじゃない」

「それは、人の好きずきだろう……さ、帰ろう」

重三郎がもう一度、誘って、

「おまえの気持ちは分かるが、まだ早い。人を始末するだのなんだのより、まずは自分がまっとうに働こうじゃないか。そしたら、悪い奴らは、神様仏様がどうにかしてくれる」

軽くお楽の肩に手を添えると、俄に辛そうな顔になって、

「何が神様仏様だ……私は、その神様仏様に裏切られたんだよッ」

「どういうことだ。ちゃんと話してみろ」

お楽は涙が溢れ出そうなのを我慢して、

「あれは、三年くらい前のこと……岡場所で下働きをしていた私は、一度だけ、忘八《ぼうはち》たちの目を盗んで逃げ出したことがある」

「…………」

「そして、家に帰ろうと思ったけれど、道が分からないので、深川不動尊の裏で……」

「深川不動尊で……？」

「私は必死に手を合わせて、祈ったんだ。どうか助けて下さい。あんな悪い奴ら、酷い目に遭わせて下さい。どうか、お慈悲を……そしたら、どんな貧乏してでも、自由になれるからって」

「そしたら、不動明王様に願いが通じたんですよ……真っ赤な顔をして怒って……」

岡場所という苦界《くがい》から逃れられたら、お楽は物乞いをしてでもいいと思っていた。

お楽はまるで夢でも見ているように、

「私を追いかけてきた、岡場所の男たちが、不動明王に投げ飛ばされたり、錫杖《しゃくじょう》で叩かれたりして、次々とその場に倒れて、大怪我をしてしまった……私は恐くて目を閉じていたけれど、気がつくと目の前に小判が二枚落ちている……私はそれを手にして、これは不動明王様が助けてくれたんだ。願いを叶えてくれたんだと思った」

そう信じ切って、お楽は故郷を目指して急いだ。ところが、泊まった品川の宿で、すぐに役人に捕まって、

「この金はどうした！」

と責め立てられた。子供が小判を持っているのを疑われたのである。

「何処かで盗んだな！　尋常にお縄を頂戴しろ！」

「違うよ！　不動明王様が忘八をやっつけてくれ、そして恵んでくれたんだ！」

「出鱈目を言うなッ」

必死に説明をするお楽を、役人たちはまったく相手にしなかった。その後、江戸に連れ戻されて、三十日の受牢という仕置きをされた上に、岡場所に戻された……不動明王様から貰った二両は、逃げるために遊女屋の手文庫から盗んだことにされ、郭の主はほくほく顔だったという。

「そんなことが、な……」

さすがに重三郎も哀れに思った。

「どうせなら、不動明王様も最後まで面倒見てやりゃいいのにな」

重三郎が同情の声を洩らすと、お楽は肩を落として、

「そうだよ。最後まで面倒見てくれりゃ、よかったんだ……あんな奴ら、ぶっ殺してくれてれば！　私をちゃんと逃がしてくれてれば……だから、私は、正真正銘の不動明王様になってやる。〝閻魔様〟になってやる。そう思ったンですよ」

「──そうかい……よく分かったよ」

「ほんと？」

「ああ。店に戻ンな。仕方がない。面倒見てやるよ」

「本当だね、お父っつぁん！」

「分かったから、そのお父っつぁんはよしな。照れくさくてしょうがねえ」

「うん！」

嬉しそうに明るく頷いて、お楽は店の方に駆け戻った。

すぐに、明るい声で御飯の支度を始めると言っている姿を見ると、とても、〝裏始末〟という恐ろしいことに荷担したがる娘には見えない。むろん、重三郎の心の中には、忸怩たるものがあるが、なんとかしてやりたいと考えていた。

四

米穀問屋『江戸屋』は、日が暮れても、相変わらず人々の行列が続いていた。だが、それは出入りの業者ではなく、米手形を手にした町人や職人たちであった。

米手形といっても、旗本や御家人が預かる切米手形とも呼ばれる米切手とは違って、今の〝手形・小切手〟のように、現金の代わりに流通させていたものである。もちろん、堂島会所で扱われるものではなく、藩札のように特定の地域だけで使われるものだった。

また、米に限らず、雑穀の種類や数量を記した紙には、米穀問屋組合の印が押されていて、〝株券〟のように投機の対象にもされていた。本来、米穀問屋同士で、決済をするために利用する札だった。実際に米を運べば労力がかかり、大金を運べば危険が伴う。ゆえに、米手形で代用したのである。

しかし、米の相場が下がれば、当然、米手形の値うちも下がる。『江戸屋』は米手形を取引先だけではなく、一般の人たちにも金の代わりに支払って、必要があれば現金に換えていたのだ。だが、この値崩れである。すこしでも高く買い取って貰おうと、店内は人々で一杯だったのである。

帳場で米手形の決済をしている番頭が、金を渡すたびに、商人たちは深い溜息で、店から出て行くのであった。

そんな様子を――。

重三郎はじっと店先から見ていると、ぶらり近づいて来た喜多川歌麿が、後ろから声をかけた。

「あなたも損をしたのですかな？」

「ああ、歌麿さんか。では、あんたも？」

「ええ、まあ……。今じゃ、商売繁盛の神様扱いですからね……私には、濡れ手で粟にしか見えませんが、これが商いというものですか……どうも腑に落ちませんことで」

歌麿が眉間に皺を寄せると、重三郎はまるで『江戸屋』を庇うかのように、

「とはいえ、商人《あきんど》は儲けるのが務め。文句を言えば、嫉妬してると思われるだけです。うちも商売人ですから」

「私も商いの才覚はありませせなんだ。こんなに相場が下がるとは思わなかった。逆に上がると思ってたから、ちょいと欲を出して、十両分ばかり、米手形にしてたんですがね。それが半値だ……そんな助平心を出すから、損をこくんでしょうな」

諦めがちに歌麿は、溜息をついた。だが、重三郎は店の中を覗き込むように、

「それにしても、妙な話じゃないか」

「そうですな」

「値崩れしてばかりの米手形を、なんで『江戸屋』だけが買い取ってるんだ」

「私もそう思っていました」

「二度と値上がりしないかもしれない。そんな物を買い漁るとはな……それとも、米の相場がまた上がるのを承知しているのかねえ」

「ま、そう考えるのが順当ですな」

重三郎は頷いて、にんまりと歌麿を見やった。お互い何を考えているか、分かって

いるような笑みだった。

「もしかして、こいつの裏に、何かカラクリがあると睨んでるんですね」

「そうじゃなきゃ、辻褄があうまい」

「分かりました。私もちょっと探りを入れてみましょう」

「うむ。実は、長崎の旦那も動いているそうだ。きっと何かがあるってな」

そんな話をしていると、足音もなく背後に京伝が近づいてきて、

「実は、俺も大損こいたんだ」

とふいに声をかけた。重三郎と歌麿は、びくっとなって、

「おまえさん……猫のようになんだい……もっと気配を……」

「小心者なのでね……たしかに旦那、まだ値崩れするかもしれないのに、買い取ってるのはおかしい。探りを入れますわい」

ふたりを差し置いて、京伝は『江戸屋』の店内に入った。

出てきた番頭などは相手にせず、

「主人の徳兵衛を呼んでくれ。俺は、山東京伝という者だ」

と名乗ると、店の中の他の客もあっと身を引きながらも羨望の目で見た。

数々の黄表紙、艶本、洒落本、画集、図案集などを出して当代売れっ子の戯作者で

浮世絵師でもある。その過激な発言や作品から、手鎖《てぐさり》五十日という処分を松平定信からくらった記憶も新しい。それゆえ、誰の口からも、「ああ、あの……」という声が洩れた。

「できれば、主人とふたりだけで話をしたいのだがな」

町人ではあるが、武士のような風格があるのは、

――尾張様の御落胤。

という噂もあるからである。京伝本人は、はっきりと言っているわけではないが、それで相手が下手《したて》に出るなら、話が早い。徳兵衛の方も、厄介払いは揉めずにやるに限ると思ったのであろう、すんなりと奥に通された。

表の軒看板も立派だが、屋敷の奥は中庭も手が込んでいて、贅沢三昧の暮らしをしているという噂に違《たが》わぬほど、襖絵なども狩野《かのう》派の立派なものだった。

茶を飲みながら待っていると、絹の羽織を粋に羽織った徳兵衛が来て、京伝の前に座った。自信に満ちた中年男だが、まだ五十にはなっておるまい。

「これは、山東京伝さんのような、著名な方がいらっしゃるとは、夢にも思いませなんだ。ありがたやありがたや」

心にもないことを平気で言えるような人間に見えた。

「で、折り入って、お話とは」

「いや、お恥ずかしい限りだが、金を用立てて貰いたい。こう見えて貧乏なのだ」

「まさか、ご冗談を……」

尾張の御落胤なのにという言葉を、徳兵衛は飲み込んだが、京伝はわざと、

「身分はあっても、世の中、金がなきゃ飢えてしまう……急な入り用が出来てな。色々とつきあいもあるのでね」

京伝は米手形を差し出した。それを手に取って見た徳兵衛は、

「――米十石……」

「損はしたくないから、よろしく頼む」

「言っている意味が分かりませんが」

徳兵衛は訝しげに言ったが、京伝は淡々と続けて、

「実は、俺もこう見えて色々なお方とつきあいがあってな……手鎖にされても五十日で解き放たれるのは、そういう人のお陰だ」

「…………」

「実は、ある勘定奉行に、『江戸屋』なら元値で買ってくれると言われた。徳兵衛さんだけが、米手形がいずれ元値よりも高くなると知っている、そう教えられてな」

京伝は探るように言った。徳兵衛はまったく表情を変えずに、

「なんの話でしょうか」

「だから、惚《とぼ》けるなって……」

「手前はまっとうな商人《あきんど》です。相場以外の取り引きはいたしません」

「そんなバカな……話が違うではないか」

「そう言われましても……」

「どうしても？」

「はい……」

「――そうか、分かった」

京伝は鋭く睨みつけてから微笑み、

「さすがは、『江戸屋』……これで、安心した。おまえは信じるに足りる男だと、かの御仁にも伝えておこう」

「………」

「気にするな。本当は、金は有り余ってる」

にこり頷いて立ち上がる京伝を、徳兵衛はやはり無表情のまま見ていた。

その夜のことである。

京伝が睨んだとおり、徳兵衛は動いた。番頭の喜八郎《きはちろう》が人目を忍んで出かけたのである。店を出てから、ずっと張り込んでいた京伝は、こっそり後を尾《つ》けた。番頭は辻駕籠を呼び止めて、何処かへ向かわせた。

その駕籠は、吾妻橋を渡り、向島《むこうじま》の寂れた田畑の中にある庵《いおり》に着いた。竹林に囲まれて鬱蒼としており、商家の寮とも思えない。門前には、仰々《ぎょうぎょう》しく松明《たいまつ》が燃えていたが、駕籠が入った途端、その炎は消されて真っ暗闇となった。だが、門や塀の周りには、数人の羽織を着た侍が警護をするように見廻っていた。

どうやら、誰か武家の別邸のようであるが、〝わびさび〟の風情を楽しむ者か、あるいはすでに隠居でもしているのか、京伝は胸が高鳴った。

――警護の様子から見て、それなりの身分の武家であろうな。やはり、俺が思ったとおり、勘定奉行の誰かか……。

京伝は木陰から見ていたが、庵の中の様子を見たくなって進み出ようとすると、袖を摑まれた。

ハッと振り返ると、そこにいたのは、馬琴であった。

「先生には荷が重すぎます」

「なに……」

「門番をしている奴らは、なかなかの腕の者たちばかりです。ここは俺が……」

と京伝の袖を引っぱると、馬琴はそのまま庵の門前に近づきながら、

「雪になりそうだな。寒い、寒い」

と声をかけた。

羽織で短袴の侍たちが、すぐに来て、「何奴だ」と誰何《すいか》した。みな鍛錬をした、屈強な体つきである。

「怪しい者ではない。『江戸屋』の用心棒だ」

「用心棒……？」

警護役の者たちは同時に、鯉口《こいぐち》を音もなく切った。

かなりの手練《てだ》れだと、馬琴は感じた。

「大人しく帰った方が身のためだぞ」

相手が言うと、馬琴は刀の柄を掴んでとグイと身構えた。

素早い動きに、相手は刀を抜き損ねた。香取神道流の鋭い突きが浮き上がってくる。その太刀筋すら見える程だった。相手が抜き払えば、下から弾《はじ》き上げ、そのまま喉を突くことができる。

相手もそれが分かったのか、微動だにしない。下がれば、胸を突き上げられ、斬り

込めば足を斬り払われるであろう。

馬琴の方も、息を浅くして、相手の動きを見ていた。だが、まったく動かない。

——かかって来い。ならば、突く。

と、馬琴も誘っていた。若い頃から、諸国を遍歴しているせいか、体力と胆力は鍛え抜かれている。相手も馬琴の腕前を見抜いているようだ。じっとしているだけで、額や脇の下に汗が湧いてくる。

固唾《かたず》をのんで見守っている京伝の前で、数人の家臣たちが固まっていた。

「このままでは、誰かが死ぬぞ」

声を出したのは相手の方だった。

「元より、その覚悟」

呟くように馬琴は言って、半歩引いて構えを戻した。もし相手が斬り込んで来ても、胴を払い喉を突ける。相手もサッと間合いを取って、後ろに下がった。

「惜しい腕だ……」

相手がそう言うと、馬琴も返した。

「おぬしも……だが、濡れ手に粟の商いに、武士が荷担するとは、なんとも情けないな。地に落ちたものだ」

鎌を掛けるように馬琴はそう言って、腰の刀をグイと押さえた。そして、背中を向けたが、他の侍たちも斬り込んではこなかった。馬琴は振り返りもせず、その場を立ち去ろうとすると、

「待て」

と声がかかった。

「俺は、美山達之進《みやまたつのしん》という者だ。いずれの家臣でもない。亀戸天神前で、新陰流の道場を開いておるゆえ、いつでも立ち会いに来るがよい」

「無駄な争いは好まぬ」

馬琴は背中で答えて、ゆっくりと歩き去った。そして、鬱蒼とした木陰に戻るや、京伝に声をかけられた。

「かっこだけつけやがって……あれで、何か分かったのか」

「分かりませんでした」

「なんだ、ばか」

「ば、ばかとはなんです。ばかとは」

声を出そうとする馬琴の口を、京伝は必死に押さえた。

五

今日も、重三郎は、裏始末の修行をしたいというお楽を連れ歩いていた。秋風が厳しくなって、筑波颪《つくばおろし》もきつく、もう冬のように寒い。お楽はぶるぶると震えながら、

「もういいよ……こんな、町中をほっつき廻ったからって何になるの」

「おいおい、もう音《ね》を上げるのか？　何が裏始末をやりたいだよ。そんな心がけで、できると思ってるのかッ」

「う、裏始末……って、人に聞こえるよ」

「別にいいじゃねえか」

「だって、そんなこと……」

重三郎はお楽のおでこを軽く小突いて、

「まずは、おどおどするのはよせ。盗人でも、堂々としてりゃ、盗人に見えない。どんな事でもな、何かをやろうとするなら、正々堂々とやらなきゃならん」

「でも……」

「何か後ろめたいことでもしているつもりなら、とっととやめるンだな」

「なによ……」

お楽はそっぽを向いたが、思い直したように、

「ああ、なるほど……人目を気にしないで、なんでもできるようになる。その胆力をつけるための修行なのね」

「まあ、そんなとこだ」

何事も自分で気づかなければ、モノにすることはできない。もっとも、お楽には諦めさせるために、つきあっているようなものだが、思いの外、しぶとかった。

「どうだい……」

「何が？」

「歩きながら廻っていると、色々な人々の人生が見えてくるだろう。一所懸命に仕事をしている姿がよ」

町の通りには、天秤棒を担いで走る魚屋や荷物を背中に負って歩く行商人、塀に登って剪定《せんてい》している植木職人、建前の家で飛び廻っている大工、火消しで走り廻っている鳶、赤ん坊を抱えている産婆らしき女、怪我人を戸板で運んでいる医者、とっかえべえの小僧や廻り髪結いから大八車を曳いている人足、堀川を荷船を漕ぐ船頭——誰も彼もが寒空なのに汗をかいている。

「このみんなの汗が、世の中を豊かにしているんだ。そんな姿を見ているだけでも、絵の修行になるんだ。よく目の奥に刻み込んでおけ。いつか必ず役に立つんだ」

「…………」

「好きな者のために一所懸命働くこと、それが一番の幸せだとは思わねえかい？」

情景を眺めながら、重三郎が問いかけると、

「まあ、思うけど……」

「思うけど、なんだ」

「こんな罪もない、まっすぐな人たちを、平気で痛めつける悪い奴は許せない」

「そうかい」

「ええ、本当にそう思う……あ、分かった。旦那さん、私にそれを教えたくて、こうして歩き廻ってたのね」

「まあな。だけど、それだけじゃない。まずは、自分が夢中になるくらい働くことだ。

「もちろん、絵も描きます。でも、私は許せないんです」

繰り返すが、俺は……」

行く手の『江戸屋』の軒看板を指して、

「汗水流さず、米手形の値を上げたり下げたりして、大儲けしている奴らが。真面目

に働いてる人たちが、あんまりじゃない」

「——お楽、俺はだなあ……」

「いいよ。後は、私ひとりで歩いて見るから……だって、疲れるでしょ、年なんだから。それに〝本業〟もあるから」

半ば無理矢理、ひとりになりたがったが、重三郎はまだつきあうと言った。

その重三郎の目がキラリと光った。その視線の先には——米問屋『紀州屋』の店があった。店先から、主人の紋左衛門と綺麗に着飾った娘が一緒に出て来た。穏和な顔をしているが、気になったのは、路地から張り込んでいる長崎の姿だった。

「そういや……『紀州屋』が必死に訴えていたと、長崎さんは言ってたなあ……まさか、借金の形《かた》に娘が取られるってことはあるまいが……」

と呟いた重三郎の声を聞いて、

「なるほどね……旦那さん。あいつも悪い奴なんだね。同じ米穀問屋の仲間だし」

お楽は勝手に得心したように頷いた。

たしかに、『紀州屋』のことも重三郎は探っていた。奉行所に『江戸屋』の理不尽を訴え出てきたことで気がかりだったのと、米手形のカラクリをはっきりさせたいがためである。むろん、京伝から『江戸屋』が怪しい動きをしていることも知らされていたから、その関係も調べたかった。
だが、『江戸屋』の裏には、四人の勘定奉行のうち、誰かがいることは分かってい
るが、まだ断定はできていない。しかし、そのような大身の旗本が操っているとなる
と、いくら『蔦屋』であっても、核心を突くのは難しいかもしれぬ。とはいえ、指を
くわえて、見ているわけにもいかぬ。
ところが――お楽は、まったく反対のことを思っていた。
「『紀州屋』の娘は、あんなに綺麗に着飾って、私はこんなだ……同じ年頃なのに、
大金持ちの商家に生まれたっていうだけで、あんないい思いをして……しかも、きっ
と阿漕な稼ぎをしてるんだ」
遊郭では、犬にやるような残飯を飲み込むように食べていた自分の姿を、お楽は思
い出していた。
「生まれたときから、私は身も心も……襤褸《ぼろ》雑巾みたいだった……親切な人だって、
旦那さんに会うまではいなかった……いつも野良猫みたいに扱われて……」
お楽は生き別れになっている兄弟のことも思い出そうとしたが、あまりに小さいと
きに別れたので、おぼろげにも覚えていない。なんだか、空しくなってきた。
そんなお楽の気持ちを、重三郎は察したのであろう。

「幸せとは、暮らしぶりじゃない。心の持ちようなんだ。おまえは、きっとその手に幸せを摑めるよ。安心しな」

「――いいんだよ、慰めは……ううん、分かってる……旦那の言うとおりだ……だから、私……頑張るよ」

そう言ったが、お楽の顔はどこか暗く、その目はずっと、『紀州屋』の父娘の姿を追っていた。

その日の夜中――。

お楽は米問屋『紀州屋』の屋敷の中にいた。米を買いに行くふりをして、店に入り、そのまま裏手の土蔵の陰で、夜になるのをじっと待っていたのである。小娘だから、店の手代らも、あまり気に掛けなかったのだろう。

中庭の植え込みに潜んで母屋《おもや》を見て、お楽は眩しそうに瞼を動かして、

「やっぱり……金持ちの家は、夜も明るいや……眩しいくらいだ……きっと、この『紀州屋』も、『江戸屋』と同じように、悪さをしてるに違いないよ」

忍び足差し足で、お楽は母家に近づいた。そこで何を話しているか聞くためだ。先刻、誰か武家らしき人が入ってきて、奥座敷に行くのを、お楽はその目で確かめてい

た。

行灯の明かりは、障子越しなのに中庭まで煌々と照らしている。そっと腰を屈めて、歩いていると、ひそひそ声が聞こえてきた。

すると、一方から渡り廊下を歩いてくる手代の姿が見えた。盆に酒徳利を数本、載せている。それを落とさないように、奥座敷の前に来ると、

「旦那様……お酒をお持ちしました」

と声をかけた。

お楽は身を屈めたまま、じっと見ていた。すると、内側から障子戸が開いて、番頭らしき男が盆を受け取った。その奥には、昼間見た主人の紋左衛門の姿があり、さらに傍らには——なんと、長崎がいた。

「あっ——!」

思わず声を漏らしそうになったが、お楽は必死に飲み込んだ。

——な、長崎の旦那……!?

目を凝らして見つめ直したが、たしかにそうだった。次の瞬間、手代が障子戸を閉めて立ち去ったから、きちんと確かめることはできなかったが、お楽は口の中で、長崎がいたことを何度も繰り返した。

そのとき、手代が激しい咳をした。

「⁉──」

お楽は心の臓が止まりそうになったが、闇の中でずっとしゃがみ込んでいた。手代はただ咳き込みながら立ち去っただけだったが、急に現実に引き戻され、自分がこの場にいることが、俄に恐くなってきた。膝がガクガク震えていた。

六

その翌日から、お楽は『蔦屋』では真面目に働くようになった。

前の夜にあったことは、誰にも語らなかった。長崎の姿を見たのは見たが、夜のことである。自分なりにはっきりしてからでないと、重三郎に話してはならないという思いもあったからである。

「今日は雪になるかな？　お楽が真面目に仕事をしてるからよ」

馬琴と一九は、まるで妹をからかうように茶化していたが、お楽はそれには乗ってこなかった。心の奥では、

──自分でなんとか解決する。真実を探る。

という思いがあったからである。

「どうした、お楽。なんだか、気が削がれるじゃないか。もっと勝手にしてたってい いんだぜ。でないと、こっちの調子が悪くなる。何があったのだ」

「別に……」

「なんだよ、気味が悪いな。もしかして、体の具合でも悪いのか？」

「いいえ」

お楽は袖をめくり上げて、書き物を続けた。そして、黙々と割り振りされた京伝の作品を写していた。その手を横合いから、重三郎がぐいっと引っぱった。

「それはいいから、ちょいと来な」

「え……？」

「いいから来るんだ」

言われるままに、重三郎について、奥の部屋に行った。

すると、いつの間に来ていたのか、長崎が座っており、茶を啜っていた。ついでに煎餅もバリバリと囓っている。その態度が偉そうに見えて、お楽の目がギラリとなった。

その前に、お楽を座らせた重三郎は、

「昨夜、おまえは何処へ行ってた」

と訊いた。

「え……」

目が泳いだが、すぐに唇を閉じた。

「一体、何をしていたんだ。部屋にいなかったから、心配していたんだ」

「別に私は……」

ちらりと長崎を見て、目が合うと、すぐに逸らした。

「与力の旦那に言えないことでもあるのか」

「あ、いえ……」

「二度と勝手な真似はするな。おまえが『紀州屋』にいたことは、長崎の旦那は分かってたんだ。というか、おまえが『紀州屋』に忍び込んだ節があるから、俺が頼んで行って貰ってたんだよ」

「ええ？　そうなんですか？」

お楽は急に肩をがくりと落として、

「私はてっきり、長崎の旦那と『紀州屋』の主人がよからぬ相談をしているものと……なんだ、知ってたんですか……こっちは、ずっと膝ががくがく震え通しで、もし見つかったら、長崎さんに斬られるかと思ってたのに」

「ああ、斬られただろうよ。入る所を間違えていたらな」

「…………」

「二度と勝手な真似はするな。いいな」

「だ……だから、やっぱり、教えて欲しいンですよ。本当に悪い奴らを懲らしめるために、どんなことをしたらいいのか」

必死に、お楽は訴えた。

「そうはいかねえよ……長崎の旦那にだって、つい近頃までは、俺たちの裏始末のことは知られていなかったんだ。まあ、前々から感づいてはいたらしいが」

と重三郎は呆れた口調になって、

「おまえは下手《へた》すりゃ、たとえば『江戸屋』に忍び込んでたら、今頃は首を刎ねられてるかもしれねえし、簀巻《すま》きにされて隅田川に捨てられてたかもしれない」

「てことは……やはり『江戸屋』が悪いことを！」

「おまえが考えてるような単純なことじゃねえ。気持ちは分かるが、何度も言うが、女なんだから、大人しくしてな。それなりに、役割を与えてやるからよ、見張りとか。いいな」

いつもと違う険しい顔で重三郎が言うので、お楽は戸惑ったが、長崎は困ったものだという顔になって、

「怪我じゃ済まなくなるからな。本当に悪い奴は、言い訳無用、四の五の言わないで、すぐに殺すぜ」

と付け足した。

「しかも、おまえは間違った所を調べてた。なあ、分かってるのか」

「でも……」

お楽がまだまだぐずぐず言うので、重三郎は鋭い目になって、

「だったら、本当の地獄を見るまで、俺につきあえるか」

「え……」

「どうなんだ、お楽」

「いいよ。やるよ。だって、私は、〝閻魔連〟に入るって本気で決めたンだから」

そう断言したとき、廊下から、馬琴が入ってきて、

「分かった。だがよ、泣き言を洩らせば、重三郎さんに代わって、俺がおまえを……」

馬琴は刀を抜き払い、目にも止まらぬ速さで鞘に戻した。鍔《つば》の音がしただけだった。

次の瞬間、ハラリとお楽の帯が切れて、襦袢が露わになった。思わずはだけた体を庇って、

「な、何、すんのさ……」

「こんなことで恥ずかしがるようじゃ、話にならねえな」

重三郎がぐっと睨むと、お楽は必死に、

「なんだよ、これくらい！」

自ら襦袢を取って、真っ裸になった。そして、物凄い目で重三郎を睨み返して、

「私はやるったら、やるんだ！」

お楽はまだ間違ったことをした認識がないようだった。

「着物を着替えて、ついて来い」

重三郎は、馬琴に目顔で頷いて、一緒に来てくれと言った。

「旦那さん……どこへ連れてくんだよ」

昨夜、忍び込んだ米問屋『紀州屋』の店先まで、しっかり腕を摑んで来ると、お楽は思わず逃げようとした。

「だって、ここは……何も悪いこと、してないんでしょ」

「だから見てるんだ。いいな」

『紀州屋』紋左衛門は店先で、手代と打ち合わせをしている。

「紋左衛門だ。俺がいいと言うまで、ここで見張ってろ」

「え？」

意味が分からないと、お楽は言った。

「言うことを聞く。そう言っただろうが」

「で、でも……」

「とにかく、見張ってろ。いいな。もし、一歩でも動いたら、『蔦屋』からも追い出す。分かったな」

「なんだよ、訳が分からないよ……」

泣き出しそうなお楽を、重三郎は『紀州屋』の店先がよく見える路地に連れて行き、両肩をトントンと叩いて、立ち去った。お楽はどうも腰が落ち着かない。重三郎が歩いて行くのを、こっそり追いたくなったが、

──また、叱られる。

と思って、お楽はじっと我慢をした。

そんなお楽を、路地の物陰から、重三郎と馬琴が見ていた。そこへ、歌麿、京伝、一九も集まってきて、真剣なまなざしになった。そして、お互い気持ちが通じたよう

に頷き合うと、重三郎たちがそれぞれ、

「お気楽に」

「悪い奴らを」

「懲らしめる」

「道は半ばに」

「諦めきれず」

と言うと、どこかで火の用心の親爺が柝《き》を打った。

夕暮れになっても——『紀州屋』の近くの路地で、お楽は、見張りを続けていた。

「何か変わったことがあったかい」

ふいに背後から、重三郎に声をかけられて、ドキンとなったお楽は、首を振って、

「なにも……」

「だったら、何か事が起こるまで、じっと張り込みを続けるんだ」

「でも……なんだか、退屈で……」

「裏始末ってなあ、面倒臭いものなんだ。いいか、地道なことを重ねて、ようやくどうにかなるものなんだ。万に一つでも、間違いがあったら、いけないからな」

「おまえが睨んだとおり、本当の悪人かもしれねえだろうが。善か悪か、しかと、その目で確かめろ」

「あ、はい……」

夜になると小雨混じりになって、急に冷たくなった。お楽はそんな中でも、じっと『紀州屋』を見張っていたが、

「まったく……いつまで、見てればいいんだよ……」

と情けない声が洩れた。

そのとき——薄暗い中に、ぼんやりと提灯を掲げて、紋左衛門と番頭が重い足取りで帰って来た。潜り戸を叩くと、中から手代が開けて、

「お帰りなさいまし、旦那様」

と声がかかった。

紋左衛門の羽織がずぶ濡れで、提灯も消えかかっていた。がくりと肩を落とした姿で、潜り戸を入ろうとすると、何処から来たのか、背後から声がかかった。

「どうやら……その様子では、やはり都合がつかなかったようだねえ」

暗闇の中に提灯がポッと浮かび、『江戸屋』の番頭の喜八郎が、浪人者数人と一緒に、威喝するような態度で近づいて来た。

「これは、江戸屋の番頭さん……本当に申し訳ありません。明日まではなんとかしますから、どうかお待ち下さるよう、ご主人にお伝え下さい」

「いや。それはもう無理ですな」

喜八郎がキッパリと言った。闇の中で響きわたるような声だった。

「──申し訳ありません。後で、私が直に参りますので」

「うちの主人は、あなたの顔なんぞ、見たくもないと言っております」

厳しい口調で、喜八郎がそう言うと、浪人たちがすっと取り囲んだ。その中には、先日、馬琴が見た美山という道場主もいた。もちろん、お楽は知らない。

喜八郎は冷笑を浮かべて、

「あなたよりも、娘さんに来て貰いたい。そうすれば、お宅も米問屋として立ち直れるし、『江戸屋』も肝煎りとして顔が立つ。その上、親戚にもなれる」

「そんな、番頭さん……」

「自業自得だと諦めるんですな」

底意地が悪そうに、喜八郎の顔が歪むのが提灯あかりに浮かぶのを、お楽は食い入るように見つめていた。

七

「本当に、娘だけはご勘弁下さい……」

紋左衛門は腰を屈めて、深々と頭を下げた。

「この何日、ずっと金の工面をしていました。昨夜は、北町の長崎様にもお願いして、なんとかならんものかと、色々と知恵を拝借しておりました。でも、米手形があんなに下がってしまっては、もう手の打ちようがありません。現金に換えても換えても、『江戸屋』さんにまで廻す金が……」

「うるさいですよ、『紀州屋』さん」

「！………」

「金がないならないで、結構。その代わり、娘さんを、主人の妾としていただければ、それでチャラにすると言っているンです。安い買い物じゃないですか」

「安い……か、買い物ですと……！」

すこし気色《けしき》ばんだ紋左衛門は、それでもぐっと嚙み殺して、

「掻き集めたのが六百両ばかりあります。それで、なんとかならんでしょうか」

「なりませんね。おたくに貸した金は千五百両。耳を揃えて返して貰わないと、こっちも困るのです。この米手形の騒ぎで、うちでも取り付け騒ぎが起こってますからねえ」

喜八郎はそう言って冷笑した。紋左衛門は縋るように、

「ですが、番頭さん……その千五百両を私に貸し付けて、その分の米手形を買わせたのは、おたくじゃないですか。これは翌年、必ず二千両にはなると。黙って持っていただけで、五百両の儲けだって。でも、事はまったくの反対だ。半分の値うちになってしまった。なのに、千五百両ぜんぶ返せと言われても、困る。買った米手形をぜんぶ返すから、それでチャラに……」

「ばかを言って貰っては困る。米相場がそうなったんだから、仕方がないじゃないですか。まあ、だから、その千五百両分の米手形は、七百五十両として受け取るから、残りの七百五十両を返して下さいと言っているんです。六百両では、まだ百五十両足りません。返す期限はとおに過ぎてますよ」

「何度も言いますが、儲かっていれば耳を揃えて……」

「商売人のくせに何を下らないことを！　損をしたからといって泣き言を垂れられても、困りますなッ」

喜八郎は厳しい口調で言った。

「一月前ならば、なんとかできたんです。でも、うちも米手形で決済をしてましたから、損を被ってしまったり、困った人には現金に換えてあげたりで、手元には……」

「だから？」

「ですから、今から『江戸屋』さんに有り金を届けて、残りは後日に必ず……」

「いい加減にして下さいよ、旦那。もう聞き飽きました。こっちは子供の使いじゃないんです。貰うもん貰わないと、番頭の首だって刎ねられますよ。うちの主人は厳しいですからね！」

浪人たちが、いきなり刀を抜き払った。

「こっちは、言い訳を聞きにきたわけじゃありませんからね。娘さんだけは預かっていきますよ。それが約束だし、店まで取ろうとは言いませんから」

「そんな殺生な……」

刀を突きつけて、浪人たちが紋左衛門を押しやると、潜り戸から中に入って、店内で様子を窺っていた娘の手首を摑んだ。そして、外に引きずり出した。

「お許し下さいまし！」

紋左衛門も必死に縋って、

「ここに、六百両あります。どうか、どうか、これで……」

　と帳場から大きな手文庫を渡すと、喜八郎は当然のように受け取って、

「もちろん貰って帰りますよ。でも、約定破りですから、文句がおありなら、どこにでも訴え出たらよろしい」

「お願いです！　どうか、娘だけは！」

「くどい！　あなたも商人なら、商売の道を心得ておきなさい！」

　と怒鳴りつけると、紋左衛門を押しやって、泣き叫ぶ娘を浪人たちに連れて行かせた。紋左衛門は追いかけようとしたが、ブンと浪人に刀で脅されて、その場に泣き崩れてしまった。

　その顚末を――見ていたお楽は、思わず固唾を飲んでいた。

だが、そこへ飛び出して行く勇気はなかった。しかし、ここで助けに行かなければ、

〝女が廃《すた》る〟と思って、意を決して飛び出そうとすると、

「待ちな」

　と馬琴が立ちはだかった。

「なんだい。あんた見てたんなら、なんで……」

「助けなかったかって？」

「そ、そうだよ」

「だって、ありゃ、ちゃんとした商いだ」

「ちゃんとした⁉　じょ、冗談じゃないよ。金が返せないから、娘を連れてくなんて、そんなことが……」

「約束したんだから仕方がねえ。おまえさんだって、親が女衒と約束したから、岡場所行きになった」

「……で、でも、なんで黙って見てるんだよ」

「ばかか、おまえは。あんなのに、一々、構ってたら、こっちだって命が危ないし、世の中には掃いて捨てる程あらあな。それを全部、掃除するつもりか」

「じゃあ、どうするんだよ！」

「どうもしないよ」

「見てるだけかよ、あんた」

「そうだよ。俺には関わりのない話だ」

「……なんだよ！」

　お楽は声をあらげた。むしゃくしゃして拳を握り締めて、

「じゃ、私だって、関わりないよッ」

と踵を返して、その場から逃げようとした。

その前に、また別の黒い人影が立つ。ハッと目を凝らすと――重三郎だった。

「俺がいいって言うまで、見張ってろと言っただろう」

「⁉で、でも旦那……あの娘さん、どうなるんですか？」

「気になるのか？　だったら、裏始末はもうしまいだ。今、馬琴が言ったように、一々、他人様の事情に気持ちを入れてたら、キリがないんだよ」

「…………」

「そんな甘っちょろい考えじゃ、無理だ。いいか。俺たちは、あの『江戸屋』が、なんとか人の心を取り戻すことに努《つと》める……だが、どうしても、まっとうにならなければ、始末をする。しかし、今のところ『江戸屋』は御定法を破ってはいない」

「…………」

「たしかにあくどい儲けはしてるが、お奉行でも裁くことはできめえ」

「…………」

「どうしても、裏で始末したかったら、法を犯した上で、尚かつ、それを揉み消すとか、お上《かみ》の手が届かぬところでやっているとか……その証拠を探すンだな。なんの証《あかし》もなく始末するんじゃ、おまえ……そりゃ、ただの人殺しだ。ただの意趣返しだ」

「！…………」

重三郎はきつく言った。

「さあ。もっと見張っているんだな。『紀州屋』の方を……目を凝らしてな」

お楽はおどおどと首を竦めて、店に目を戻したが、潜り戸は閉まり、深閑とした宵闇に戻っていた。

「馬琴……おまえは、『江戸屋』の方を頼む。俺とお楽は、こっちをな……」

頷いて馬琴が立ち去ると、重三郎は路地に置いてある天水桶を足場にして、『紀州屋』の屋敷の中へ入った。

思わず、お楽も続いた。そして、植え込みの陰に潜んで、ずっと何か事が起こるまで待つ。何が起こるか、重三郎は予想していたが、お楽は全く分からなかった。ただ、得体の知れない恐怖に包まれていた。

夜半を過ぎて、三日月が西の空に傾いた頃——雨戸の中で、何やらギシギシと音がしはじめたのに、重三郎は感づいた。

「まずい……」

縁側から登って、匕首を抜き払うや、雨戸の隙間に差し込んでずらし、蹴破って部屋の中に押し込んだ。

今、まさに、文机《ふづくえ》を踏み台にして、紋左衛門は天井梁に結んだ紐で首を吊ろうとしているところだった。

重三郎は声をかけるよりも早く、素早く駆け寄って、縄を切り裂いた。床に落ちた紋左衛門に摑みかかり、思い切り頰を張り飛ばした。そして、怒鳴りつけた。

「しっかりしろ、『紀州屋』……おまえが死んだら、他の米穀問屋も同じことをするぜ。娘もあのままでよいのか！」

「つ……蔦屋さん……」

突然のことに、紋左衛門は驚きを隠せなかったが、狼狽しながらも、

「ご先祖様に申し訳ない……ご先祖様に申し訳ない……」

それればかりを繰り返していた。騒ぎに手代たちも寝間着のまま駆けつけてきたが、中には重三郎のことを知っている者もいて、懸命に主人を介抱した。

「も、申し訳ありません……私……私……あなたのことを、悪い人と……思ってました……だから、きっと、こんなことに……もっと早く、気づいていれば……ご免なさい……なのに、楽して儲けて、娘さんもいい着物着て、なんの苦労もないって……ああ……娘さんが連れてかれたのに、助けることもできなかった……ああ」

お楽は声にならなかった。

「もういいです……こんなに米が安くなったら、どうしようもない。奉行所も手を打ってくれないのでね……たとえ金があっても、もう商売は無理でしょう……」

「でも、せめて娘さんは……」

「もちろん、娘は取り戻したい……でも……」

紋左衛門の目に涙が溢れ落ちて、

「娘は殺されるわけじゃない……でも、私はこの店を失うともう……」

と言いかけたとき、中庭に人影が立った。

「――お父っつぁん！」

紋左衛門がハッと見やると、娘がそこに立っていた。

「あっ……おまえ……どうしたのです」

娘の後ろから、長崎が現れた。手には文《ふみ》を持っており、それを投げ出した。

「『江戸屋』と交わした証文だ。取り返したから、娘さんの話はなしだ」

「でも、どうやって……」

紋左衛門は、重三郎とお楽、そして長崎の顔を不思議そうに見比べた。

「ま、いいじゃねえか」

と重三郎が言った。

「こうして娘は帰った。なんとか踏ん張るんだな。また米相場も上がろうってもんだ。もっとも、あまり上がって貰っては、こちとら庶民は困るがな」

「蔦屋さん……」

「首を吊るなんて、以《もっ》ての外《ほか》だ」

お楽はがっくり膝をついて、己が甘かったことに気づいたようだった。

「人は見かけによらぬ。店も外から見ただけじゃ分からない。世の中も表だけじゃ、分からないってところか。なあ、お楽」

三日月は傾いて消えてしまったが、東の空には、うっすら赤みが広がってきた。

八

北町奉行所には、相変わらず米を扱う業者が、「値崩れをどうにかして欲しい」と陳情に訪れていた。だが、それからすぐ、米相場が上がりはじめた。

今度は、高値で買った米手形を二束三文で手放した者が、さらに損をしたことになる。米相場が動いたためによるものだから、誰も悪いわけではない。損をした者は、先を見る目がなかったというまでだ。

しかし、釈然としない長崎は、『江戸屋』徳兵衛を呼びつけて、この一連の騒動について取り調べた。

「その節は、よく聞き分けてくれたな」

長崎が述べると、徳兵衛は平伏をして、

「――あ、はい……そりゃ、あの御仁との繫がりを持ち出されては、承知するしかありますまい……」

「勘定奉行の本多《ほんだ》備前守《びぜんのかみ》は、此度の一連の責任を取って、自邸にて切腹をした。今朝のことだ」

「え、ええ……⁉」

「知らぬのか」

「ま、まさか。どうして、そのような……」

「おまえと結託して、米相場を上げるために、堂島米会所に働きかけたからだ」

「私は、そのようなことは……」

「知らぬと申すか」

「――はい……」

「妙なことだな……では、本多様は、出鱈目な理由で切腹をしたのか？」

「……さあ」

長崎はすこし声を低めて、

「実は、北町奉行の小田切土佐守様は、なかなか話の分かる人で、正義感が強いゆえな、米穀問屋仲間らの陳情を受けて、本多様と直談判をし、米相場を操ったことを評定所の席にて責めたそうだ」

「………」

「証拠として、おまえと『紀州屋』との証文も出され、それに類する他の問屋の証文も束ねて出した。米相場の一件は、おまえの発案だったそうだが、実行した本多様は切腹して責めを負うたのに、おまえが負わぬのは理不尽ではないか？」

今度は強く責めた長崎に、徳兵衛はとんでもないと首を振って、

「なぜ、私が責めを……いいですか、長崎様……米手形は、別に私が作ったものではなく、前々から慣わしとして使われていたものです。私も金の代わりに決済で使っていました。その米手形の相場が変わったから、たまさか儲けたとか、損をしたということであって、何か私が悪いことでもしたのでしょうか」

「だから、言ってるではないか。おまえが関わってないことなら、話はそれでいいのだ。しかし、おまえは多額の賄を本多様に送って、相場を操るようにと、強く働きか

けた……さすれば、本多様に貸している数百両にも及ぶ金も、ぜんぶチャラにすると」

「――さあ、知りません」

「そうか。知らぬか……何もかも……」

「はい」

長崎は短い溜息をついて、

「正直に話せば、〝閻魔様〟はお許しになったと思うのだがな」

「――閻魔様……?」

「いや、こっちの話だ。ただ、言っておくが、バレなかっただけで、おまえは明らかに御定法を犯しているのだ」

「………」

「今、俺は、本多様は切腹したと言ったが、実は誰かが屋敷に忍び込んで、自刃に見せかけて殺した節もある」

「そうなので?」

「ああ。それも知らぬと?」

「――どうして、私が、そのようなことを知りようがありましょう……」

「うむ。それもそうだな……帰ってよし」

頷いて促す長崎に従って、徳兵衛は平伏すると、ゆっくりと立ち去った。

薄暗くなった奉行所の表門には、美山たち浪人数人が待っていて、大仰に警護をしながら店に戻った。

帰り道々、徳兵衛は冷笑を浮かべて、

「全く……迷惑な話だ……相場で儲けたからって悪者にされていたら、商売ができませんな……ま、本多様にはお気の毒だったが、これも、また運命《さだめ》……」

自分の店の近くまで来たときである。路地から、馬琴が現れて、

「美山さんでしたかな……」

と声をかけた。

「この前、道場を訪ねたのですが、門弟は十人程いましたが、みな真面目な若者ばかりでした……なのに、どうして、道場主のあなたは、こんな悪辣な商人の用心棒をしてるのです」

「なんだと⁉」

嚙みつくような目になったのは徳兵衛の方だが、美山が庇うように前に出ると、おもむろに刀を抜き払った。

それに対抗するように、馬琴も抜刀して青眼に構えた。同時、他の浪人たちも、刀を抜き払って取り囲むと、キエーイ！　という気合とともに一斉に斬りかかった。

だが、馬琴の刀はまるで龍が踊るように波を打つと、あっという間に浪人たちの刀を吸い取って、近くの掘割に放り落とした。ほんの一瞬の出来事に、浪人たちは泡を食らって立ち尽くした。

「こんなクソ商人のために、死にたくなきゃ、立ち去れ」

馬琴が鋭い目になると、浪人たちは這々《ほうほう》の体《てい》で逃げ出した。

残った美山も青眼に構えて、間合いを取り、しばらく睨み合っていたが、フンと気合とともに踏み込んだ次の瞬間、馬琴の刀の切っ先に喉を突かれた。馬琴は、抜き取って返す刀でバサッと袈裟懸けに斬り裂いた。

ほんの一瞬、美山は笑った顔になって、仰向けに倒れた。

――ひっ！

声にならぬ悲鳴を上げて、徳兵衛は潜り戸から店に逃げ込んで、心張り棒をかけた。

ぜいぜいと荒い息を吐きながら、

「おい。誰か、おらんか。み、水を持ってこい、水を！」

と徳兵衛が声を張り上げると、

「はい。ただいまッ」

と丁稚が柄杓《ひしゃく》に水を汲んできた。それを手にして飲もうとすると、柄杓の中は鮮血のような真っ赤な水だった。

「う、うわッ。なんだ、これは！」

徳兵衛が奇声を発して、丁稚を見ると――それは、お楽であった。

「それは、あなたが今まで殺した人の血……かもね」

「⁉――だ、誰だ、おまえはッ」

柄杓を投げつけると、お楽はひょいと避けた。代わりに、奥から、一九が出てきてジロリと睨みつけた。

「閻魔様の使いだ。本多様とは、一蓮托生のはずだろう？　一足先に極楽浄土で待っているから、早く行ってやればいい」

「な、何を！」

「最後の最後に訊く。すべてを正直に話して、被害を被った者たちに、弁済してやるつもりはないか」

「――く……くらえッ！」

徳兵衛は隠し持っていた匕首を抜き払うと、一九を目がけて突きかかった。

「やむを得ぬなッ」

素早く刀を抜き払った一九は、徳兵衛の脳天から刀を叩き落とした。


翌日から――。

江戸へ流れて来る米は、問屋組合にて、ある程度、自由に采配することができるようになり、決済用の米手形は廃止となった。二度と、米の値を一旦下げ、頃合いを見て上げるという投機に使わせないためである。物価の安定には、米価の安定が必要だったからだ。

『蔦屋』からは、京伝が米相場の話を書いて、徳兵衛らしき米商人が、謎の死を遂げるという物語が飛ぶように売れた。それには、歌麿の浮世絵がついて、

――勘定奉行と米商人が男色だった。

という〝恋物語〟にされていたからだ。武士道というのもまた、純粋な恋に近く、男色が多かったと結んでいるので、またぞろ、松平定信から規制がかかるかもしれぬ。ならば、堂々と受けてやると、重三郎は胸を張って、店先に出た。

そのとき――。

「御用だ！」「御用だ！」

と大声を上げながら、大勢の捕方がこっちに向かってきていた。思わずアッと頭を抱えて、逃げ出そうとした重三郎だが、捕方たちはその前を通り過ぎて、その先の商家へ突っ走っていく。

「何事だ……？」

重三郎が訊くと、お楽が跳ねるように駆けてきて、

「油問屋で、人質騒ぎだって。女房を連れて来ないと、油で火の海にするって、自分が油かぶって！　大変、大変！」

騒動が起きてなんだか嬉しそうなお楽だが、それもまた困る。重三郎は眉根を上げながらも、馬琴と一九を呼んで、

「急げ、急げ。面白いネタになるかもしれねえぞ！」

と焚きつけた。まさに、人の不幸は蜜であるとばかりに、『蔦屋』の面々は手代たちも一緒に飛び出していった。

青く高く突き抜けている青空に、渡り鳥の群れが雲のように広がっていた。

時代小説

二見時代小説文庫

蔦屋《つたや》でござる

著者　井川香四郎《いかわこうしろう》

発行所　株式会社 二見書房
東京都千代田区三崎町二－一八－一一
電話　〇三－三五一五－二三一一［営業］
〇三－三五一五－二三一三［編集］
振替　〇〇一七〇－四－二六三九

印刷　株式会社 堀内印刷所
製本　ナショナル製本協同組合

ISBN978－4－576－12141－3
http://www.futami.co.jp/